爱自己，
一切都是自由的

萧红 —— 著

北京时代华文书局

图书在版编目（CIP）数据

爱自己，一切都是自由的 / 萧红著． -- 北京：北京时代华文书局，2020.6
（轻经典系列 / 陈丽杰主编）
ISBN 978-7-5699-3666-7

Ⅰ．①爱… Ⅱ．①萧… Ⅲ．①散文集－中国－现代 Ⅳ．① I266

中国版本图书馆CIP数据核字（2020）第 061493 号

轻经典系列
QING JINGDIAN XILIE

爱自己，一切都是自由的
AI ZIJI YIQIE DOUSHI ZIYOU DE

著　　者｜萧　红

出 版 人｜陈　涛
选题策划｜陈丽杰
责任编辑｜袁思远
执行编辑｜冯雪雪
责任校对｜周连杰
封面设计｜艾墨淇
版式设计｜王艾迪
责任印制｜訾　敬

出版发行｜北京时代华文书局 http://www.bjsdsj.com.cn
　　　　　北京市东城区安定门外大街138号皇城国际大厦A座8楼
　　　　　邮编：100011　电话：010-64267955　64267677

印　　刷｜河北京平诚乾印刷有限公司　010-60247905
　　　　　（如发现印装质量问题，请与印刷厂联系调换）
开　　本｜880mm×1230mm　1/32　印　张｜6.5　字　数｜200千字
版　　次｜2021年6月第1版　　　　印　次｜2021年6月第1次印刷
书　　号｜ISBN 978-7-5699-3666-7
定　　价｜42.00元

版权所有，侵权必究

目录 CONTENTS

小黑狗/ *002*

欧罗巴旅馆/ *006*

雪天/ *009*

他去追求职业/ *011*

家庭教师/ *013*

搬家/ *017*

飞雪/ *020*

他的上唇挂霜了/ *023*

当铺/ *026*

借/ *028*

买皮帽/ *030*

广告员的梦想/ *032*

新识/ *037*

世事疮痍，要懂得爱自己

十元钞票/ *040*

同命运的小鱼/ *043*

几个欢快的日子/ *047*

女教师/ *051*

春意挂上了树梢/ *053*

公园/ *056*

夏夜/ *058*

册子/ *061*

剧团/ *065*

又是冬天/ *068*

门前的黑影/ *071*

一个南方的姑娘/ *073*

患病/ *076*

二
留住激情，留住天真

十三天/ *080*

最后的一个星期/ *082*

小六/ *085*

烦扰的一日/ *089*

过夜/ *093*

破落之街/ *097*

三个无聊人/ *100*

家族以外的人/ *103*

孤独的生活/ *133*

索非亚的愁苦/ *136*

一条铁路的完成/ *142*

三
忠于自己，要走自己的路

牙粉医病法/ *148*

回忆鲁迅先生/ *151*

镀金的学说/ *179*

祖父死了的时候/ *185*

女子装饰的心理/ *188*

两个朋友/ *190*

天空的点缀/ *196*

失眠之夜/ *198*

茶食店/ *201*

四
只愿蓬勃生活在此刻

一

世事沧桑，要懂得爱自己

小　黑　狗

像从前一样，大狗是睡在门前的木台上。望着这两只狗我沉默着。我自己知道又是想起我的小黑狗来了。

前两个月的一天早晨，我去倒脏水。在房后的角落处，房东的使女小钰蹲在那里。

她的黄头发毛着，我记得清清的，她的衣扣还开着。我看见的是她的背面，所以我不能预测这是发生了什么！

我斟酌着我的声音，还不等我向她问，她的手已在颤抖，唔！她颤抖的小手上有个小狗在闭着眼睛，我问："哪里来的？"

"你来看吧！"

她说着，我只看她毛蓬的头发摇了一下，手上又是一个小狗在闭着眼睛。

不仅一个两个，不能辨清是几个，简直是一小堆。我也和孩子一样，和小钰一样欢喜着跑进屋去，在床边拉他的手："平森……啊，……喔喔……"

我的鞋底在地板上响，但我没说出一个字来，我的嘴废物似的啊喔着。他的眼睛瞪住，和我一样，我是为了欢喜，他是为了惊愕。最后我告诉了他，是房东的大狗生了小狗。

过了四天，别的一只母狗也生了小狗。

以后小狗都睁开眼睛了。我们天天玩着它们，又给小狗搬了个家，把它们都装进木箱里。

争吵就是这天发生的：小钰看见老狗把小狗吃掉一只，怕那只老狗把它的小狗完全吃掉，所以不同意小狗和那个老狗同居，大家就抢夺着把余下的三个小狗也给装进木箱去，算是那只白花狗生的。

那个毛褪得稀疏、骨格突露、瘦得龙样似的老狗，追上来。白花狗仗着年轻不惧敌，哼吐着开仗的声音。平时这两条狗从不咬架，就连咬人也不会。现在凶恶极了。就像两条小熊在咬架一样。房东的男儿，女儿，听差，使女，又加我们两个，此时都没有用了。

不能使两个狗分开。两个狗满院疯狂地拖跑。人也疯狂着。在人们吵闹的声音里，老狗的乳头脱掉一个，含在白花狗的嘴里。

人们算是把狗打开了。老狗再追去时，白花狗已经把乳头吐到地上，跳进木箱看护它的一群小狗去了。

脱掉乳头的老狗，血流着，痛得满院转走。木箱里它的三个小狗却拥挤着不是自己的妈妈，在安然地吃奶。

有一天，把个小狗抱进屋来放在桌上，它害怕，不能迈步，全身有些颤，我笑着像是得意，说："平森，看小狗啊！"

他却相反，说道："哼！现在觉得小狗好玩，长大要饿死的时候，就无人管了。"

这话间接的可以了解。我笑着的脸被这话毁坏了，用我寞寞的手，把小狗送了出去。

我心里有些不愿意，不愿意小狗将来饿死。可是我却没有说什么，面向后窗，我看望后窗外的空地。这块空地没有阳光照过，四面立着的是有产阶级的高楼，几乎是和阳光绝了缘。不知什么时候，小狗是腐了，乱了，挤在木板下，左近有苍蝇飞着。我的心情完全神经质下去，好像躺在木板下的小狗就是我自己，像听着苍蝇在自己已死的尸体上寻食一样。

平森走过来，我怕又要证实他方才的话。我假装无事，可是他已经看见那个小狗了。

我怕他又要象征着说什么，可是他已经说了："一个小狗死在这没有阳光的地方,你觉得可怜么?年老的叫化子不能寻食,死在阴沟里,或是黑暗的街道上;女人,孩子,就是年轻人失了业的时候也是一样。"

我愿意哭出来,但我不能因为人都说女人一哭就算了事,我不愿意了事。可是慢慢的我终于哭了!他说:"悄悄,你要哭么?这是平常的事,冻死,饿死,黑暗死,每天都有这样的事情,把持住自己。渡我们的桥梁吧,小孩子!"

我怕着羞,把眼泪拭干了,但,终日我是心情寞寞。

过了些日子,十二个小狗之中又少了两个。但是剩下的这些更可爱了。会摇尾巴,会学着大狗叫,跑起来在院子就是一小群。有时门口来了生人,它们也跟着大狗跑去,并不咬,只是摇着尾巴,就像和生人要好似的,这或是小狗还不晓得它们的责任,还不晓得保护主人的财产。

天井中纳凉的软椅上,房东太太吸着烟。她开始说家常话了。结果又说到了小狗:"这一大群什么用也没有,一个好看的也没有,过几天把它们远远地送到马路上去。秋天又要有一群,厌死人了!"

坐在软椅旁边的是个60多岁的老更倌。眼花着,有主意的嘴结结巴巴地说:"明明……天,用麻……袋背送到大江去……"小钰是个小孩子,她说:"不用送大江,慢慢都会送出去。"

小狗满院跑跳。我最愿意看的是它们睡觉,多是一个压着一个脖子睡,小圆肚一个个地相挤着。是凡来了熟人的时候都是往外介绍,生得好看一点的抱走了几个。

其中有一个耳朵最大,肚子最圆的小黑狗,算是我的了。我们的朋友用小提篮带回去两个,剩下的只有一个小黑狗和一个小黄狗。老狗对它两个非常珍惜起来,争着给小狗去舐绒毛。这时候,小狗在院子里已经不成群了。

我从街上回来,打开窗子。我读一本小说。那个小黄狗挠着窗纱,和我玩笑似的竖起身子来挠了又挠。

我想:"怎么几天没有见到小黑狗呢?"

我喊来了小钰。别的同院住的人都出来了,找遍全院,不见我的小黑狗。马路上也没有可爱的小黑狗，再也看不见它的大耳朵了！它忽然是失了踪！

又过三天，小黄狗也被人拿走了。

没有妈妈的小钰向我说："大狗一听隔院的小狗叫，它就想起它的孩子。可是满院急寻，上楼顶去张望。最终一个都不见，它哽哽地叫呢！"

十三个小狗一个不见了！和两个月以前一样，大狗是孤独地睡在木台上。

平森的小脚，鸽子形的小脚，栖在床单上，他是睡了。我在写，我在想，玻璃窗上的三个苍蝇在飞……

欧 罗 巴 旅 馆

楼梯是那样长，好像让我顺着一条小道爬上天顶。其实只是三层楼，也实在无力了。

手扶着楼栏，努力拔着两条颤颤的，不属于我的腿，升上几步，手也开始和腿一般颤。

等我走进那个房间的时候，和受辱的孩子似的偎上床去，用袖口慢慢擦着脸。他——郎华，我的情人，那时候他还是我的情人，他问我了："你哭了吗？"

"为什么哭呢？我擦的是汗呀，不是眼泪呀！"

不知是几分钟过后，我才发现这个房间是如此的白，棚顶是斜坡的棚顶，除了一张床，地下有一张桌子，一围藤椅。离开床沿用不到两步可以摸到桌子和椅子。开门时，那更方便，一张门扇躺在床上可以打开。住在这白色的小室，我好像住在幔帐中一般。

我口渴，我说："我应该喝一点水吧！"

他要为我倒水时，他非常着慌，两条眉毛好像要连接起来，在鼻子的上端扭动了好几下："怎样喝呢？用什么喝？"

桌子上除了一块洁白的桌布，干净得连灰尘都不存在。

我有点昏迷，躺在床上听他和茶房在过道说了些时，又听到门响，他来到床边。我想他一定举着杯子在床边，却不，他的手两面却分张着："用什么喝？可以吧？用脸盆来喝吧！"

他去拿藤椅上放着才带来的脸盆时,毛巾下面刷牙缸被他发现,于是拿着刷牙缸走去。

旅馆的过道是那样寂静,我听他踏着地板来了。

正在喝着水,一只手指抵在白床单上,我用发颤的手指抚来抚去。他说:"你躺下吧!太累了。"

我躺下也是用手指抚来抚去,床单有突起的花纹,并且白得有些闪我的眼睛,心想:不错的,自己正是没有床单。我心想的话他却说出了!

"我想我们是要睡空床板的,现在连枕头都有。"说着,他拍打我枕在头下的枕头。

"咯咯——"有人打门,进来一个高大的俄国女茶房,身后又进来一个中国茶房:"也租铺盖吗?"

"租的。"

"五角钱一天。"

"不租。""不租。"我也说不租,郎华也说不租。

那女人动手去收拾:软枕,床单,就连桌布她也从桌子扯下去。床单夹在她的腋下。

一切都夹在她的腋下。一秒钟,这洁白的小室跟随她花色的包头巾一同消失去。

我虽然是腿颤,虽然肚子饿得那样空,我也要站起来,打开柳条箱去拿自己的被子。

小室被劫了一样,床上一张肿胀的草褥赤现在那里,破木桌一些黑点和白圈显露出来,大藤椅也好像跟着变了颜色。

晚饭以前,我们就在草褥上吻着抱着过的。

晚饭就在桌子上摆着,黑"列巴"和白盐。

晚饭以后,事件就开始了:

开门进来三四个人,黑衣裳,挂着枪,挂着刀。进来先拿住郎华的两臂,他正赤着胸膛在洗脸,两手还是湿着。他们那些人,把箱子弄开,翻扬了一阵:"旅馆报告你带枪,没带吗?"那个挂刀的人问。随后那人在床下扒得了一个长纸卷,里面卷的是一支剑。他打开,抖着剑柄的红穗头:"你哪里来的这个?"

停在门口那个去报告的俄国管事,挥着手,急得涨红了脸。

警察要带郎华到局子里去。他也预备跟他们去,嘴里不住地说:"为什么单独用这种方式检查我?妨碍我?"

最后警察温和下来,他的两臂被放开,可是他忘记了穿衣裳,他湿水的手也干了。

原因日间那白俄来取房钱,一日两元,一月60元。我们只有五元钱。

马车钱来时去掉五角。那白俄说:"你的房钱,给!"他好像知道我们没有钱似的,他好像是很着忙,怕是我们跑走一样。他拿到手中两元票子又说:"60元一月,明天给!"原来包租一月30元,为了松花江涨水才有这样的房价。如此,他摇手瞪眼地说:"你的明天搬走,你的明天走!"

郎华说:"不走,不走……"

"不走不行,我是经理。"

郎华从床下取出剑来,指着白俄:"你快给我走开,不然,我宰了你。"

他慌张着跑出去了,去报告警察,说我们带着凶器,其实剑裹在纸里,那人以为是大枪,而不知是一支剑。

结果警察带剑走了,他说:"日本宪兵若是发现你有剑,那你非吃亏不可,了不得的,说你是大刀会。我替你寄存一夜,明天你来取。"

警察走了以后,闭了灯,锁上门,街灯的光亮从小窗口跑下来,凄凄淡淡的,我们睡了。在睡中不住想:警察是中国人,倒比日本宪兵强得多啊!

天明了,是第二天,从朋友处被逐出来是第二天了。

雪　天

我直直是睡了一个整天,这使我不能再睡。小屋子渐渐从灰色变作黑色。

睡得背很痛,肩也很痛,并且也饿了。我下床开了灯,在床沿坐了坐,到椅子上坐了坐,扒一扒头发,揉擦两下眼睛,心中感到幽长和无底,好像把我放下一个煤洞去,并且没有灯笼,使我一个人走沉下去。屋子虽然小,在我觉得和一个荒凉的广场样,屋子墙壁离我比天还远,那是说一切不和我发生关系;那是说我的肚子太空了!

一切街车街声在小窗外闹着。可是三层楼的过道非常寂静。每走过一个人,我留意他的脚步声,那是非常响亮的,硬底皮鞋踏过去,女人的高跟鞋更响亮而且焦急,有时成群的响声,男男女女穿插着过了一阵。我听遍了过道上一切引诱我的声音,可是不用开门看,我知道郎华还没回来。

小窗那样高,囚犯住的屋子一般,我仰起头来,看见那一些纷飞的雪花从天空忙乱地跌落,有的也打在玻璃窗片上,即刻就消融了,变成水珠滚动爬行着,玻璃窗被它画成没有意义、无组织的条纹。

我想:雪花为什么要翩飞呢?多么没有意义!忽然我又想:我不也是和雪花一般没有意义吗?坐在椅子里,两手空着,什么也不做;口张着,可是什么也不吃。我十分和一架完全停止了的机器相像。

过道一响,我的心就非常跳,那该不是郎华的脚步?一种穿软底鞋的声音,嚓嚓来近门口,我仿佛是跳起来,我心害怕:他冻得可怜了吧?他没有带回面包来吧？

开门看时，茶房站在那里："包夜饭吗？"

"多少钱？"

"每份6角。包月15元。"

"……"我一点都不迟疑地摇着头，怕是他把饭送进来强迫我吃似的，怕他强迫向我要钱似的。茶房走出，门又严肃地关起来。一切别的房中的笑声，饭菜的香气都断绝了，就这样用一道门，我与人间隔离着。

一直到郎华回来，他的胶皮底鞋擦在门槛，我才止住幻想。茶房手上的托盘，盛着肉饼、炸黄的蕃薯、切成大片有弹力的面包……

郎华的夹衣上那样湿了，已湿的裤管拖着泥。鞋底通了孔，使得袜也湿了。

他上床暖一暖，脚伸在被子外面，我给他用一张破布擦着脚上冰凉的黑圈。

当他问我时，他和呆人一般，直直的腰也不弯："饿了吧？"

我几乎是哭了。我说："不饿。"为了低头，我的脸几乎接触到他冰凉的脚掌。

他的衣服完全湿透，所以我到马路旁去买馒头。就在光身的木桌上，刷牙缸冒着气，刷牙缸伴着我们把馒头吃完。馒头既然吃完，桌上的铜板也要被吃掉似的。他问我："够不够？"

我说："够了。"我问他："够不够？"

他也说："够了。"

隔壁的手风琴唱起来，它唱的是生活的痛苦吗？手风琴凄凄凉凉地唱呀！

登上桌子，把小窗打开。这小窗是通过人间的孔道：楼顶、烟囱、飞着雪沉重而浓黑的天空，路灯、警察、街车、小贩、乞丐，一切显现在这小孔道，繁繁忙忙的市街发着响。

隔壁的手风琴在我们耳里不存在了。

他 去 追 求 职 业

他是一条受冻受饿的犬呀!

在楼梯尽端,在过道的那边,他着湿的帽子被墙角隔住,他着湿的鞋子踏过发光的地板,一个一个排着脚踵的印泥。

这还是清早,过道的光线还不充足。可是有的房间门上已经挂好"列巴圈"了!

送牛奶的人,轻轻带着白色的、发热的瓶子,排在房间的门外。这非常引诱我,好像我已嗅到"列巴圈"的麦香,好像那成串肥胖的圆形的点心,已经挂在我的鼻头了。

几天没有饱食,我是怎样的需要啊!胃口在胸膛里面收缩,没有钱买,让那"列巴圈"们白白在虐待我。

过道渐渐响起来。他们呼唤着茶房,关门开门,倒脸水。外国女人清早便高声说笑。

可是我的小室,没有光线,连灰尘都看不见飞扬,静得桌子在墙角欲睡了,藤椅在地板上伴着桌子睡,静得棚顶和天空一般高,一切离得我远远的,一切都厌烦我。

下午,郎华还不回来。我到过道口站了好几次。外国女人红色的袜子,蓝色的裙子……一张张笑着的骄傲的脸庞,走下楼梯,她们的高跟鞋打得楼梯清脆发响。圆胖而生着大胡子的男人,那样不相称地捉着长耳环、黑脸的和小鸡一般瘦小的"吉普赛"女人上楼来。茶房在前面去给打开一个房间,长时间以后，又上来一群外国孩子，他们嘴上嗑着瓜子儿，多冰的鞋底在过道上噼噼啪啪地留下痕迹过去了。

看遍了这些人，郎华总是不回来。我开始打旋子，经过每个房间，轻轻荡来踱去，别人已当我是个偷儿，或是讨乞的老婆，但我自己并不感觉。仍是带着我苍白的脸，褪了色的蓝布宽大的单衫踱荡着。

忽然楼梯口跑上两个一般高的外国姑娘。

"啊呀!"指点着向我说："你的……真好看!"

另一个样子像是为了我倒退了一步，并且那两个不住翻着衣襟给我看："你的……真好看!"

我没有理她们。心想：她们帽子上有水滴，不是又落雪?

跑回房间，看一看窗子究竟落雪不? 郎华是穿着昨晚潮湿的衣裳走的。一开窗，雪花便满窗倒倾下来。

郎华回来，他的帽沿滴着水，我接过来帽子，问他："外面上冻了吗?"

他把裤口摆给我看，我甩手摸时，半截裤管又凉又硬。他抓住我的摸裤管的手说："小孩子，饿坏了吧!"

我说："不饿。"我怎能呢! 为了追求食物，他的衣服都结冰了。

过一会，他拿出20元票子给我看。忽然使我痴呆了一刻，这是哪里来的呢?

家 庭 教 师

20元票子，使他作了家庭教师。

这是第一天，他起得很早，并且脸上也像愉悦了些。我欢喜地跑到过道去倒脸水。

心中埋藏不住这些愉快，使我一面折着被子，一面嘴里任意唱着什么歌的句子。而后坐到床沿，两腿轻轻地跳动，单衫的衣角在腿下抖荡。我又跑出门外，看了几次那个提篮卖面包的人，我想他应该吃些点心吧，八点钟他要去教书，天寒，衣单，又空着肚子，那是不行的。

但是还不见那提着膨胀的篮子的人来到过道。

郎华做了家庭教师，大概他自己想也应该吃了。当我下楼时，他就自己在买，长形的大提篮已经摆在我们房间的门口。他仿佛是一个大蝎虎样，贪婪地，为着他的食欲，从篮子里往外捉取着面包、圆形的点心和"列巴圈"，他强健的两臂，好像要把整个篮子抱到房间里才能满足。最后他会过钱，下了最大的决心，舍弃了篮子，跑回房中来吃。

还不到八点钟，他就走了。九点钟刚过，他就回来。下午太阳快落时，他又去一次，一个钟头又回来。他已经慌慌忙忙像是生活有了意义似的。当他回来时，他带回一个小包袱，他说那是才从当铺取出的从前他当过的两件衣裳。他很有兴致地把一件夹袍从包袱里解出来，还一件小毛衣。

"你穿我的夹袍，我穿毛衣，"他吩咐着。

于是两个人各自赶快穿上。他的毛衣很合适。惟有我穿着他的夹袍，两只脚使我自己看不见，手被袖口吞没去，宽大的袖口，使我忽然感到我的肩膀一边挂好一个口袋，就是这样，我觉得很合适，很满足。

电灯照耀着满城市的人家。钞票带在我的衣袋里，就这样，两个人理直气壮地走在街上，穿过电车道，穿过扰嚷着的那条破街。

一扇破碎的玻璃门，上面封了纸片，郎华拉开它，并且回头向我说："很好的小饭馆，洋车夫和一切工人全都在这里吃饭。"

我跟着进去。里面摆着三张大桌子。我有点看不惯，好几部分食客都挤在一张桌上。

屋子几乎要转不过来身。我想，让我坐在哪里呢？三张桌子都是满满的人。我在袖口外面捏了一下郎华的手说："一张空桌也没有，怎么吃？"

他说："在这里吃饭是随随便便的，有空就坐。"他比我自然得多，接着，他把帽子挂到墙壁上。堂倌走来，用他拿在手中已经擦满油腻的布巾抹了一下桌角，同时向旁边正在吃的那个人说："借光，借光。"

就这样，郎华坐在长板凳上那个人剩下来的一头。至于我呢，堂倌把掌柜独坐的那个圆板凳搬来，占据着大桌子的一头。我们好像存在也可以，不存在也可以似的。不一会，小小的菜碟摆上来。我看到一个小圆木砧上堆着煮熟的肉，郎华跑过去，向着木砧说了一声："切半角钱的猪头肉。"

那个人把刀在围裙上，在那块脏布上抹了一下，熟练地挥动着刀在切肉。我想：他怎么知道那叫猪头肉呢？很快地我吃到猪头肉了。后来我又看见火炉上煮着一个大锅，我想要知道这锅里到底盛的是什么，然而当时我不敢，不好意思站起来满屋摆荡。

"你去看看吧。"

"那没有什么好吃的。"郎华一面去看，一面说。

正相反，锅虽然满挂着油腻，里面却是肉丸子。掌柜连忙说："来一碗吧？"

我们没有立刻回答。掌柜又连忙说："味道很好哩。"

我们怕的倒不是味道好不好，既然是肉的，一定要多花钱吧！我们面前摆了五六个小碟子,觉得菜已经够了。他看看我,我看看他。

"这么多菜,还是不要肉丸子吧,"我说。

"肉丸还带汤。"我看他说这话,是愿意了,那么吃吧。一决心,肉丸子就端上来。

破玻璃门边,来来往往有人进出,戴破皮帽子的,穿破皮袄的,还有满身红绿的油匠,长胡子的老油匠,十二三岁尖嗓子的小油匠。

脚下有点潮湿得难过了。可是门仍不住地开关,人们仍是来来往往。一个岁数大一点的妇人,抱着孩子在门外乞讨,仅仅在人们开门时她说一声:"可怜可怜吧!给小孩点吃的吧!"然而她从不动手推门。后来大概她等到时间太长了,就跟着人们进来,停在门口,她还不敢把门关上,表示出她一得到什么东西很快就走的样子。忽然全屋充满了冷空气。郎华拿馒头正要给她,掌柜的摆着手:"多得很,给不得。"

靠门的那个食客强关了门,已经把她赶出去了,并且说:"真她妈的,冷死人,开着门还行!"不知哪一个发了这一声:"她是个老婆子,你把她推出去。若是个大姑娘,不抱住她,你也得多看她两眼。"全屋人差不多都笑了,我却听不惯这话,我非常恼怒。郎华为着猪头肉喝了一小壶酒,我也帮着喝。同桌的那个人只吃咸菜,喝稀饭,他结帐时还不到一角钱。接着我们也结帐:小菜每碟二分,五碟小菜,半角钱猪头肉,半角钱烧酒,丸子汤八分,外加八个大馒头。

走出饭馆,使人吃惊,冷空气立刻裹紧全身,高空闪烁着繁星。我们奔向有电车经过叮叮响的那条街口。

"吃饱没有?"他问。

"饱了,"我答。

经过街口卖零食的小亭子,我买了两纸包糖,我一块,他一块,一面上楼,一面吮着糖的滋味。

"你真像个大口袋,"他吃饱了以后才向我说。

同时我打量着他,也非常不像样。在楼下大镜子前面,两个人照了好久。他的帽子仅仅扣住前额,后脑勺被忘记似的,离得帽子老远老远地独立着。很大的头,顶个小卷沿帽,最不相宜的就是这个小卷沿帽,在头顶上看起来十分不牢固,好像乌鸦落在房顶,有随时飞走的可能。别人送给他的那身学生服短而且宽。

走进房间,像两个大孩子似的,互相比着舌头,他吃的是红色的糖块,所以是红舌头,我是绿舌头。比完舌头之后,他忧愁起来,指甲在桌面上不住地敲响。

"你看,我当家庭教师有多么不带劲!来来往往冻得和个小叫花子似的。"当他说话时,在桌上敲着的那只手的袖口,已是破了,拖着线条。我想破了倒不要紧,可是冷怎么受呢?

关了灯,月光照在窗外,反映得全室微白。两人扯着一张被子,头下破书当做枕头。

隔壁手风琴又咿咿呀呀地在诉说生之苦乐。乐器伴着他,他慢慢打开他幽禁的心灵了:

"敏子,……这是敏子姑娘给我缝的。可是过去了,过去了就没有什么意义。我对你说过,那时候我疯狂了。直到最末一次信来,才算结束,结束就是说从那时起她不再给我来信了。这样意外的,相信也不能相信的事情,弄得我昏迷了许多日子……以前许多信都是写着爱我……甚至于说非爱我不可。最末一次信却骂起我来,直到现在我还不相信,可是事实是那样……"

他起来去拿毛衣给我看,"你看过桃色的线……是她缝的……敏子缝的……"

又灭了灯,隔壁的手风琴仍不停止。在说话里边他叫那个名字"敏子,敏子"。都是喉头发着水声。

"很好看的,小眼眉很黑……嘴唇很……很红啊!"说到恰好的时候,在被子里边他紧紧捏了我一下手。我想:我又不是她。

"嘴唇通红通红……啊……"他仍说下去。

马蹄打在街石上嗒嗒响声。每个院落在想象中也都睡去。

搬　家

搬家！什么叫搬家？移了一个窝就是罢！

一辆马车，载了两个人，一个条箱，行李也在条箱里。车行在街口了，街车，行人道上的行人，店铺大玻璃窗里的"模特儿"……汽车驰过去了，别人的马车赶过我们急跑，马车上面似乎坐着一对情人，女人的卷发在帽沿外跳舞，男人的长臂没有什么用处一般，只为着一种表示，才遮住女人的背后。马车驰过去了，那一定是一对情人在兜风……只有我们是搬家。天空有水状的和雪融化春冰状的白云，我仰望着白云，风从我的耳边吹过，使我的耳朵鸣响。

到了：商市街××号。

他夹着条箱，我端着脸盆，通过很长的院子，在尽那头，第一下拉开门的是郎华，他说："进去吧！"

"家"就这样的搬来，这就是"家"。

一个男孩，穿着一双很大的马靴，跑着跳着喊："妈……我老师搬来啦！"

这就是他教武术的徒弟。

借来的那张铁床，从门也抬不进来，从窗也抬不进来。抬不进来，真的就要睡地板吗？光着身子睡吗？铺什么？

"老师，用斧子打吧。"穿长靴的孩子去找到一柄斧子。

铁床已经站起，塞在门口，正是想抬出去也不能够的时候，郎华就用斧子打，铁击打着铁发出震鸣，门顶的玻璃碎了两块，结果床搬进来了，光身子放在地板中央。又向房东借一张桌子和两把椅子。

郎华走了,说他去买水桶、菜刀、饭碗……

我的肚子因为冷,也许因为累,又在作痛。走到厨房去看,炉中的火熄了。未搬之前,也许什么人在烤火,所以炉中尚有木柈在燃。

铁床露着骨,玻璃窗渐渐结上冰来。下午了,阳光失去了暖力,风渐渐卷着沙泥来吹打窗子……用冷水擦着地板,擦着窗台……等到这一切做完,再没有别的事可做的时候,我感到手有点痛,脚也有点痛。

这里不像旅馆那样静,有狗叫,有鸡鸣……有人吵嚷。

把手放在铁炉板上也不能暖了,炉中连一颗火星也灭掉了。肚子痛,要上床去躺一躺,哪里是床!冰一样的铁条,怎么敢去接近!

我饿了,冷了,我肚痛,郎华还不回来,有多么不耐烦!连一只表也没有,连时间也不知道。多么无趣,多么寂寞的家呀!我好像落下井的鸭子一般寂寞并且隔绝。肚痛、寒冷和饥饿伴着我,……什么家?简直是夜的广场,没有阳光,没有暖。

门扇大声哐啷哐啷地响,是郎华回来,他打开小水桶的盖给我看:小刀、筷子、碗、水壶,他把这些都摆出来,纸包里的白米也倒出来。

只要他在我身旁,饿也不难忍了,肚痛也轻了。买回来的草褥放在门外,我还不知道,我问他:"是买的吗?"

"不是买的,是哪里来的!"

"钱,还剩多少?"

"还剩!怕是不够哩!"

等他买木柈回来,我就开始点火。站在火炉边,居然也和小主妇一样调着晚餐。油菜烧焦了,白米饭是半生就吃了,说它是粥,比粥还硬一点;说它是饭,比饭还粘一点。

这是说我做了"妇人",不做妇人,哪里会烧饭?不做妇人,哪里懂得烧饭?

晚上,房主人来时,大概是取着拜访先生的意义来的!房主人就是穿马靴那个孩子的父亲。

"我三姐来啦!"过一刻,那孩子又打门。

我一点也不能认识她。她说她在学校时每天差不多都看见我,不管在操场或是礼堂。

我的名字她还记得很熟。

"也不过三年,就忘得这样厉害……你在哪一班?"我问。

"第九班。"

"第九班,和郭小娴一班吗?郭小娴每天打球,我倒认识她。"

"对啦,我也打篮球。"

但无论如何我也想不起来,坐在我对面的简直是一个从未见过的面孔。

"那个时候,你十几岁呢?"

"十五岁吧!"

"你太小啊,学校是多半不注意小同学的。"我想了一下,我笑了。

她卷皱的头发,挂胭脂的嘴,比我好像还大一点,因为回忆完全把我带回往昔的境地去。其实,我是二十二了,比起她来怕是已经老了。尤其是在蜡烛光里,假若有镜子让我照下,我一定惨败得比三十岁更老。

"三姐!你老师来啦。"

"我去学俄文。"她弟弟在外边一叫她,她就站起来说。

很爽快,完全是少女风度,长身材,细腰,闪出门去。

飞 雪

是晚间,正在吃饭的时候,管门人来告诉:"外面有人找。"

踏着雪,看到铁栅栏外我不认识的一个人,他说他是来找武术教师。那么这人就跟我来到房中,在门口他找擦鞋的东西,可是没有预备那样完备。表示着很对不住的样子,他怕是地板会弄脏的。厨房没有灯,经过厨房时,那人为了脚下的雪差不多没有跌倒。

一个钟头过去了吧!我们的面条在碗中完全凉透,他还没有走,可是他也不说"武术"究竟是学不学,只是在那里用手帕擦一擦嘴,揉一揉眼睛,他是要睡着了!我一面用筷子调一调快凝住的面条,一面看他把外衣的领子轻轻地竖起来,我想这回他一定是要走。然而没有走,或者是他的耳朵怕受冻,用皮领来取一下暖,其实,无论如何在屋里也不会冻耳朵,那么他是想坐在椅子上睡觉吗?这里是睡觉的地方?

结果他也没有说"武术"是学不学,临走时他才说:"想一想……想一想……"

常常有人跑到这里来想一想,也有人第二次他再来想一想。立刻就决定的人一个也没有,或者是学或者是不学。看样子当面说不学,怕人不好意思,说学,又觉得学费不能再少一点吗?总希望武术教师把学费自动减少一点。

我吃饭时很不安定,替他挑碗面,替自己挑碗面,一会又剪一剪灯花,不然蜡烛颤嗦得使人很不安。

两个人一句话也不说，对着蜡烛吃着冷面。雪落得很大了！出去倒脏水回来，头发就是混合的。从门口望出去，借了灯光，大雪白茫茫，一刻就要倾满人间似的。

郎华披起才借来的夹外衣，到对面的屋子教武术。他的两只空袖口没进大雪片中去了。我听他开着对面那房子的门。那间客厅光亮起来。我向着窗子，雪片翻倒倾忙着，寂寞并且严肃的夜，围临着我，终于起着咳嗽关了小窗。找到一本书，读不上几页，又打开小窗，雪大了呢？还是小了？人在无聊的时候，风雨，总之一切天像会引起注意来。

雪飞得更忙迫，雪片和雪片交织在一起。

很响的鞋底打着大门过道，走在天井里，鞋底就减轻了声音。我知道是汪林回来了。

那个旧日的同学，我没能看见她穿的是中国衣裳或是外国衣裳，她停在门外的木阶上在按铃。小使女，也就是小丫环开了门，一面问："谁？谁？"

"是我，你还听不出来！谁！谁！"她有点不耐烦，小姐们有了青春更骄傲，可是做丫环的一点也不知道这个。假若不是落雪，一定能看到那女孩是怎样无知的把头缩回去。

又去读读书。又来看看雪，读了很多页了，但什么意思呢？我也不知道。因为我心里只记得：落大雪，天就转寒。那么从此我不能出屋了吧？郎华没有皮帽，他的衣裳没有皮领，耳朵一定要冻伤的吧？

在屋里，只要火炉生着火，我就站在炉边，或者更冷的时候，我还能坐到铁炉板上去把自己煎一煎。若没有木柈，我就披着被坐在床上，一天不离床，一夜不离床，但到外边可怎么能去呢？披着被上街吗？那还可以吗？

我把两只脚伸到炉腔里去，两腿伸得笔直，就这样在椅子上对着门看书；哪里看书，假看，无心看。

郎华一进门就说："你在烤火腿吗？"

我问他："雪大小？"

"你看这衣裳!"他用面巾打着外套。

雪,带给我不安,带给我恐怖,带给我终夜各种不舒适的梦……一大群小猪沉下雪坑去……麻雀冻死在电线上,麻雀虽然死了,仍挂在电线上。行人在旷野白色的大树里,一排一排地僵直着,还有一些把四肢都冻丢了。

这样的梦以后,但总不能知道这是梦,渐渐明白些时,才紧抱住郎华,但总不能相信这不是真事。我说:"为什么要做这样的梦?照迷信来说,这可不知怎样?"

"真糊涂,一切要用科学方法来解释,你觉得这梦是一种心理,心理是从哪里来的?是物质的反映。你摸摸你这肩膀,冻得这样凉,你觉到肩膀冷,所以,你做那样的梦!"很快地他又睡去。留下我觉得风从棚顶,从床底都会吹来,冻鼻头,又冻耳朵。

夜间,大雪又不知落得怎样了!早晨起来,一定会推不开门吧!记得爷爷说过:大雪的年头,小孩站在雪里露不出头顶……风不住扫打窗子,狗在房后哽哽地叫……

从冻又想到饿,明天没有米了。

他 的 上 唇 挂 霜 了

他夜夜出去在寒月的清光下,到五里路远一条僻街上去教两个人读国文课本。这是新找到的职业,不能说是职业,只能说新找到十五元钱。

秃着耳朵,夹外套的领子还不能遮住下巴,就这样夜夜出去,一夜比一夜冷了!听得见人们踏着雪地的响声也更大。他带着雪花回来,裤子下口全是白色,鞋也被雪浸了一半。

"又下雪吗?"

他一直没有回答,像是同我生气。把袜子脱下来,雪积满他的袜口,我拿他的袜子在门扇上打着,只有一小部分雪星是震落下来,袜子的大部分全是潮湿了的。等我在火炉上烘袜子的时候,一种很难忍的气味满屋散布着。

"明天早晨晚些吃饭,南岗有一个要学武术的。等我回来吃。"他说这话,完全没有声色,把声音弄得很低很低……或者他想要严肃一点,也或者他把这事故意看作平凡的事。总之,我不能猜到了!

他赤了脚。穿上"傻鞋",去到对门上武术课。

"你等一等,袜子就要烘干的。"

"我不穿。"

"怎么不穿,汪家有小姐的。"

"有小姐,管什么?"

"不是不好看吗?"

"什么好看不好看!"他光着脚去,也不怕小姐们看,汪家有两个很漂亮的小姐。

他很忙,早晨起来,就跑到南岗去,吃过饭,又要给他的小徒弟上国文课。一切忙完了,又跑出去借钱。晚饭后,又是教武术,又是去教中学课本。

夜间,他睡觉醒也不醒转来,我感到非常孤独了!白昼使我对着一些家具默坐,我虽生着嘴,也不言语;我虽生着腿,也不能走动;我虽生着手,而也没有什么做,和一个废人一般,有多么寂寞!连视线都被墙壁截止住,连看一看窗前的麻雀也不能够,什么也不能够,玻璃生满厚的和绒毛一般的霜雪。这就是"家",没有阳光,没有暖,没有声,没有色,寂寞的家,穷的家,不生毛草荒凉的广场。

我站在小过道窗口等郎华,我的肚子很饿。

铁门扇响了一下,我的神经便要震荡一下,铁门响了无数次,来来往往都是和我无关的人。汪林她很大的皮领子和她很响的高跟鞋相配称,她摇摇罢晃,满满足足,她的肚子想来很饱很饱,向我笑了笑,滑稽的样子用手指点我一下:"啊!又在等你的郎华……"她快走到门前的木阶,还说着:"他出去,你天天等他,真是怪好的一对!"

她的声音在冷空气里来得很脆,也许是少女们特有的喉咙。对于她,我立刻把她忘记,也许原来就没把她看见,没把她听见。假若我是个男人,怕是也只有这样。肚子响叫起来。

汪家厨房传出来炒酱的气味,隔得远我也会嗅到,他家吃炸酱面吧!炒酱的铁勺子一响,都像说:炸酱,炸酱面……

在过道站着,脚冻得很痛,鼻子流着鼻涕。我回到屋里,关好二层门,不知是想什么,默坐了好久。

汪林的二姐到冷屋去取食物,我去倒脏水见她,平日不很说话,很生疏,今天她却说:"没去看电影吗?这个片子不错,胡蝶主演。"她蓝色的大耳环永远吊荡着不能停止。

"没去看。"我的袍子冷透骨了!

"这个片很好,煞尾是结了婚,看这片子的人都猜想,假若演下去,那是怎么美满的……"

她热心地来到门缝边,在门缝我也看到她大长的耳环在摆动。

"进来玩玩吧!"

"不进去,要吃饭啦!"

郎华回来了,他的上唇挂霜了!汪二小姐走得很远时,她的耳环和她的话声仍震荡着:"你度蜜月的人回来啦,他来了。"

好寂寞的,好荒凉的家呀!他从口袋取出烧饼来给我吃。

他又走了,说有一家招请电影广告员,他要去试试。

"什么时候回来?什么时候回来?"我追赶到门外问他,好像很久捉不到的鸟儿,捉到又飞了!失望和寂寞,虽然吃着烧饼,也好像饿倒下来。

小姐们的耳环,对比着郎华的上唇挂着的霜。对门居着,他家的女儿看电影,戴耳环;我家呢?我家……

当　铺

"你去当吧！你去当吧，我不去！"

"好，我去，我就愿意进当铺，进当铺我一点也不怕，理直气壮。"

新做起来的我的棉袍，一次还没有穿，就跟着我进当铺去了！在当铺门口稍微徘徊了一下，想起出门时郎华要的价目——非两元不当。

包袱送到柜台上，我是仰着脸，伸着腰，用脚尖站起来送上去的，真不晓得当铺为什么摆起这么高的柜台！

那戴帽头的人翻着衣裳看，还不等他问，我就说了："两块钱。"

他一定觉得我太不合理，不然怎么连看我一眼也没看，就把东西卷起来，他把包袱仿佛要丢在我的头上，他十分不耐烦的样子。

"两块钱不行，那么，多少钱呢？"

"多少钱不要。"他摇摇像长西瓜形的脑袋，小帽头顶尖的红帽球，也跟着摇了摇。

我伸手去接包袱，我一点也不怕，我理直气壮，我明明知道他故意作难，正想把包袱接过来就走。猜得对对的，他并不把包袱真给我。

"五毛钱！这件衣服袖子太瘦，卖不出钱来……"

"不当。"我说。

"那么一块钱，……再可不能多了，就是这个数目。"他把腰微微向后弯一点，柜台太高，看不出他突出的肚囊……

一只大手指，就比在和他太阳穴一般高低的地方。

带着一元票子和一张当票,我快快地走,走起路来感到很爽快,默认自己是很有钱的人。菜市,米店我都去过,臂上抱了很多东西,感到非常愿意抱这些东西,手冻得很痛,觉得这是应该,对于手一点也不感到可惜,本来手就应该给我服务,好像冻掉了也不可惜。走在一家包子铺门前,又买了十个包子,看一看自己带着这些东西,很骄傲,心血时时激动,至于手冻得怎样痛,一点也不可惜。路旁遇见一个老叫化子,又停下来给他一个大铜板,我想我有饭吃,他也是应该吃啊!然而没有多给,只给一个大铜板,那些我自己还要用呢!又摸一摸当票也没有丢,这才重新走,手痛得什么心思也没有了,快到家吧!快到家吧。但是,背上流了汗,腿觉得很软,眼睛有些刺痛,走到大门口,才想起来从搬家还没有出过一次街,走路腿也无力,太阳光也怕起来。

又摸一摸当票才走进院去。郎华仍躺在床上,和我出来的时候一样,他还不习惯于进当铺。他是在想什么。拿包子给他看,他跳起来:"我都饿啦,等你也不回来。"

十个包子吃去一大半,他才细问:"当多少钱?当铺没欺负你?"

把当票给他,他瞧着那样少的数目:"才一元,太少。"

虽然说当得的钱少,可是又愿意吃包子,那么结果很满足。他在吃包子的嘴,看起来比包子还大,一个跟着一个,包子消失尽了。

借

"女子中学"的门前,那是三年前在里边读书的学校。和三年前一样,楼窗、窗前的树;短板墙、墙外的马路,每块石砖我踏过它。墙里墙外的每棵树,尚存着我温馨的记忆;附近的家屋,唤起我往日的情绪。

我记不了这一切啊!管它是温馨的,是痛苦的,我记不了这一切啊!我在那楼上,正是我有着青春的时候。

现在已经黄昏了,是冬的黄昏。我踏上水门汀的阶石,轻轻地迈着步子。三年前,曾按过的门铃又按在我的手中。出来开门的那个校役,他还认识我。楼梯上下跑走的那一些同学,却咬着耳说:"这是找谁的?"

一切全不生疏,事务牌、信箱、电话室,就是挂衣架子,三年也没有搬动,仍是摆在传达室的门外。

我不能立刻上楼,这对于我是一种侮辱似的。旧同学虽有,怕是教室已经改换了;宿舍,我不知道在楼上还是在楼下。"梁先生——国文梁先生在校吗?"我对校役说。

"在校是在校的,正开教务会议。"

"什么时候开完?"

"那怕到七点钟吧!"

墙上的钟还不到五点,等也是无望,我走出校门来了!这一刻,我完全没有来时的感觉,什么街石,什么树,这对我发生什么关系?

"吟——在这里。"郎华在很远的路灯下打着招呼。

"回去吧！走吧！"我走到他身边，再不说别的。

顺着那条斜坡的直道，走得很远的我才告诉他："梁先生开教务会议，开到七点，我们等得了吗？"

"那么你能走吗？肚子还疼不疼？"

"不疼，不疼。"

圆月从东边一小片林梢透过来，暗红色的圆月，很大很混浊的样子，好像老人昏花的眼睛，垂到天边去。脚下的雪不住在滑着，响着，走了许多时候，一个行人没有遇见，来到火车站了！大时钟在暗红色的空中发着光，火车的汽笛震鸣着冰寒的空气、电车、汽车、马车、人力车，车站前忙着这一切。

顺着电车道走，电车响着铃子从我们身边一辆一辆地过去。没有借到钱，电车就上不去。走吧，挨着走，肚痛我也不能说。走在桥上，大概是东行的火车，冒着烟从桥下经过，震得人会耳鸣起来，索链一般地爬向市街去。从岗上望下来，最远处，商店的红绿电灯不住地闪烁；在夜里的人家，好像在烟里一般；若没有灯光从窗子流出来，那么所有的楼房就该变成幽寂的、没有钟声的大教堂了！站在岗上望下去，"许公路"的电灯，好像扯在太阳下的长串的黄色铜铃，越远，那些铜铃越增加着密度，渐渐数不过来了！

扶着走，昏昏茫茫地走，什么夜，什么市街，全是阴沟，我们滚在沟中。携着手吧！

相牵着走吧！天气那样冷，道路那样滑，我时时要滑倒的样子，脚下不稳起来，不自主起来，在一家电影院门前，我终于跌倒了，坐在冰上，因为道上无处不是冰。膝盖的关节一定受了伤害，他虽拉着我，走起来也十分困难。"肚子跌痛了没有？你实在不能走了吧？"

到家把剩下来的一点米煮成稀饭，没有盐，没有油，没有菜，暖一暖肚子算了。吃饭，肚子仍不能暖，饼干盒子盛了热水，盒子漏了。郎华又拿一个空玻璃瓶要盛热水给我暖肚子，瓶底炸掉下来，满地流着水。他拿起没有底的瓶子当号筒来吹。在那呜呜的响声里边，我躺到冰冷的床上。

买 皮 帽

"破烂市"上打起着阴棚，很大一块地盘全然被阴棚连络起来，不断地摆着摊子：鞋、袜、帽子、面巾，这都是应用的东西。摆出来最多的，是男人的裤子和衬衫。我打量了郎华一下，这裤子他应该买一条。我正想问价钱的时候，忽然又被那些大大小小的皮外套吸引住。仰起头，看那些挂得很高的、一排一排的外套，宽大的领子，黑色毛皮的领子，虽是马夫穿的外套，郎华穿不也很好吗？又正想问价钱，郎华在那边叫我："你来。这个帽子怎么样？"他拳头上顶着一个四个耳朵的帽子，正在转着弯看。

我一见那和猫头一样的帽就笑了，我还没有走到他近边，我就说："不行。"

"我小的时候，在家乡尽戴这个样帽子。"他赶快顶在头上试一试。立刻他就变成个小猫样，"这真暖和。"他又把左右的两个耳朵放下来，立刻我又看他像个小狗——因为小时候爷爷给我买过这样"叭狗帽"，爷爷叫它"叭狗帽"。

"这帽子暖和得很！"他又顶在拳头上，转着弯，摇了两下。

脚在阴棚里冻得难忍，在小的行人道跑了几个弯子，许多"飞机帽"，这个那个，他都试过。黑色的比黄色的价钱便宜两角，他喜欢黄色的，同时又喜欢少花两角钱，于是走遍阴棚在寻找。

"你的……什么的要？"出摊子的人这样问着。同是中国人，却把中国人当作日本或是高丽人。

我们不能买他的东西，很快地跑了过去。

郎华带上飞机帽子！两个大皮耳朵上面长两个小耳朵。

"快走啊，快走。"

绕过不少路，才走出阴棚。若不是他喊我，我真被那些衣裳和裤子恋住了，尤其是马车夫们穿的羊皮外套。

重见天日时，我慌忙着跟上郎华去！

"还剩多少钱？"

"五毛。"

走过菜市，从前吃饭那个小饭馆，我想提议进去吃包子，一想到五角钱，只好硬着心肠，背了自己的愿望走过饭馆。五角钱要吃三天，哪能进饭馆子？

街旁许多卖花生、瓜子的。

"有铜板吗？"我拉了他一下。

"没有，一个没有。"

"没有，就完事。"

"你要买什么？"

"不买什么！"

"要买什么，这不是有票子吗？"他停下来不走。

"我想买点瓜子，没有铜板就不买。"

大概他想：爱人要买几个铜板瓜子的愿望都不能满足！于是慷慨地摸着他的衣袋。

这不是给爱人买瓜子的时候，吃饭比瓜子更要紧；饿比爱人更要紧。

风雪吹着，我们走回家来了，手疼，脚疼，我白白地跟着跑了一趟。

广 告 员 的 梦 想

有一个朋友到一家电影院去画广告,月薪四十元。画广告留给我一个很深的印像,我一面烧早饭一面看报,又有某个电影院招请广告员被我看到,立刻我动心了:我也可以吧?

从前在学校时不也学过画吗?但不知月薪多少。

郎华回来吃饭,我对他说,他很不愿意做这事。他说:"尽骗人。昨天别的报上登着一段招聘家庭教师的广告,我去接洽,其实去的人太多,招一个人,就要去十个、二十个……"

"去看看怕什么?不成,完事。"

"我不去。"

"你不去,我去。"

"你自己去?"

"我自己去!"

第二天早晨,我又留心那块广告,这回更能满足我的欲望。那文告又改登一次,月薪四十元,明明白白的是四十元。

"看一看去。不然,等着职业,职业会来吗?"我又向他说。

"要去,吃了饭就去,我还有别的事。"这次,他不很坚决了。

走在街上,遇到他一个朋友。

"到哪里去?"

"接洽广告员的事情。"

"就是《国际协报》登的吗?"

"是的。"

"四十元啊!"这四十元他也注意到。

十字街商店高悬的大表还不到十一点钟,十二点才开始接洽。已经寻找得好疲乏了,已经不耐烦了,代替接洽的那个"商行"才寻到。指明的是石头道街,可是那个"商行"是在石头道街旁的一条顺街尾上,我们的眼睛缭乱起来。走进"商行"去,在一座很大的楼房二层楼上,刚看到一个长方形的亮铜牌钉在过道,还没看到究竟是什么个"商行",就有人截住我们:"什么事?"

"来接洽广告员的!"

"今天星期日,不办公。"

第二天再去的时候,还是有勇气的。是阴天,飞着清雪。

那个"商行"的人说:"请到电影院本家去接洽吧。我们这里不替他们接洽了。"

郎华走出来就埋怨我:"这都是你主张,我说他们尽骗人,你不信!"

"怎么又怨我?"我也十分生气。

"不都是想当广告员吗?看你当吧!"

吵起来了。他觉得这是我的过错,我觉得他不应该同我生气。走路时,他在前面总比我快一些,他不愿意和我一起走的样子,好像我对事情没有眼光,使他讨厌的样子。

冲突就这样越来越大,当时并不去怨恨那个"商行",或是那个电影院,只是他生气我,我生气他,真正的目的却丢开了。两个人吵着架回来。

第三天,我再不去了。我再也不提那事,仍是在火炉板上烘着手。他自己出去,戴着他的飞机帽。

"南岗那个人的武术不教了。"晚上他告诉我。

我知道,就是那个人不学了。

第二天,他仍戴着他的飞机帽走了一天。到夜间,我也并没提起广告员的事。照样，第三天我也并没有提，我已经没有兴致想找那样的职业。可是他自动的，比我更留心，自己到那个电影院去过两次。

"我去过两次，第一回说经理不在，第二回说过几天再来吧。真他妈的！有什么劲，只为着四十元钱，就去给他们耍宝！画的什么广告？什么情火啦，艳史啦，甜蜜啦，真是无耻和肉麻！"

他发的议论，我是不回答的。他愤怒起来，好像有人非捉他去做广告员不可。

"你说，我们能干那样无聊的事？去他娘的吧！滚蛋吧！"他竟骂起来，跟着，他就骂起自己来："真是混蛋，不知耻的东西，自私的爬虫！"

直到睡觉时，他还没忘掉这件事，他还向我说："你说，我们不是自私的爬虫是什么？只怕自己饿死，去画广告。画得好一点，不怕肉麻，多招来一些看情史的，使人们羡慕富丽，使人们一步一步地爬上去……就是这样，只怕自己饿死，毒害多少人不管，人是自私的东西，……若有人每月给二百元，不是什么都干了吗？我们就是不能够推动历史，也不能站在相反的方面努力败坏历史！"

他讲的使我也感动了。并且声音不自知地越讲越大，他已经开始更细地分析自己……

"你要小点声啊，房东那屋常常有日本朋友来。"我说。

又是一天，我们在"中央大街"闲荡着，很瘦很高的老秦在他肩上拍了一下。冬天下午三四点钟时，已经快要黄昏了，阳光仅仅留在楼顶，渐渐微弱下来，街路完全在晚风中，就是行人道上，也有被吹起的霜雪扫着人们的腿。

冬天在行人道上遇见朋友，总是不把手套脱下来就握手的。那人的手套大概很凉吧，我见郎华的赤手握了一下就抽回来。我低下头去，顺便看到老秦的大皮鞋上撒着红绿的小斑点。

"你的鞋上怎么有颜料？"

他说他到电影院去画广告了。他又指给我们电影院就是眼前那个，他说："我的事情很忙，四点钟下班，五点钟就要去画广告。你们可以不可以帮我一点忙?"

听了这话,郎华和我都没回答。

"五点钟,我在卖票的地方等你们。你们一进门就能看见我。"老秦走开了。

晚饭吃的烤饼,差不多每张饼都半生就吃下的,为着忙,也没有到桌子上去吃,就围在炉边吃的。他的脸被火烤得通红。我是站着吃的。看一看新买的小表,五点了,所以连汤锅也没有盖起我们就走出了,汤在炉板上蒸着气。

不用说我是连一口汤也没喝,郎华已跑在我的前面。我一面弄好头上的帽子,一面追随他。才要走出大门时,忽然想起火炉旁还堆着一堆木柴,怕着了火,又回去看了一趟。等我再出来的时候,他已跑到街口去了。

他说我:"做饭也不晓得快做!磨蹭,你看晚了吧!女人就会磨蹭,女人就能耽误事!"

可笑的内心起着矛盾。这行业不是干不得吗?怎么跑得这样快呢?他抢着跨进电影院的门去。我看他矛盾的样子,好像他的后脑勺也在起着矛盾,我几乎笑出来,跟着他进去了。

不知俄国人还是英国人,总之是大鼻子,站在售票处卖票。问他老秦,他说不知道。

问别人,又不知道哪个人是电影院的人。等了半个钟头也不见老秦,又只好回家了。

他的学说一到家就生出来,照样生出来:"去他娘的吧!那是你愿意去。那不成,那不成啊!人,自私的东西,多碰几个钉子也对。"

他到别处去了,留我一个人在家。

"你们怎么不去找找?"老秦一边脱着皮帽,一边说。

"还到哪里找去?等了半点钟也看不到你!"

"我们一同走吧。郎华呢?"

"他出去了。"

"那么我们先走吧。你就是帮我忙,每月四十元,你二十,我二十,均分。"

在广告牌前站到十点钟才回来。郎华找我两次也没有找到,所以他正在房中生气。

这一夜,我和他就吵了半夜。他去买酒喝,我也抢着喝了一半,哭了,两个人都哭了。

他醉了以后在地板上嚷着说:"一看到职业,途径也不管就跑了,有职业,爱人也不要了!"

我是个很坏的女人吗?只为了二十元钱,把爱人气得在地板上滚着!醉酒的心,像有火烧,像有开水在滚,就是哭也不知道有什么要哭,已经推动了理智。他也和我同样。

第二天酒醒,是星期日。他同我去画了一天的广告。我是老秦的副手,他是我的副手。

第三天就没有去,电影院另请了别人。

广告员的梦到底做成了,但到底是碎了。

新　识

　　太寂寞了，"北国"人人感到寂寞。一群人组织一个画会，大概是我提议的吧！又组织一个剧团，第一次参加讨论剧团事务的人有十几个，是借民众教育馆阅报室讨论的。

　　其中有一个脸色很白，多少有一点像政客的人，下午就到他家去继续讲座。许久没有到过这样暖的屋子，壁炉很热，阳光晒在我的头上；明亮而暖和的屋子使我感到热了！第二天是个假日，大家又到他家去。那是夜了，在窗子外边透过玻璃的白霜，晃晃荡荡的一些人在屋里闪动，同时阵阵起着高笑。我们打门的声音几乎没有人听到，后来把手放重一些，但是仍没有人听到，后来敲玻璃窗片，这回立刻从纱窗帘现出一个灰色的影子，那影子用手指在窗子上抹了一下，黑色的眼睛出现在小洞。于是声音同人一起来在过道了。

　　"郎华来了，郎华来了！"开了门，一面笑着一面握手。虽然是新识，但非常熟识了！我们在客厅门外除了外套，差不多挂衣服的钩子都将挂满。

　　"我们来得晚了吧！"

　　"不算晚，不算晚，还有没到的呢！"

　　客厅的台灯也开起来，几个人围在灯下读剧本。还有一个从前的同学也在读剧本，她的背靠着炉壁，淡黄色有点闪光的炉壁衬在背后，她黑的作着曲卷的头发就要散到肩上去。她演剧一般地在读剧本。她波状的头发和充分作着圆形的肩，停在淡黄色的壁炉前，是一幅完成的少妇美丽的剪影。

她一看到我就在读剧本了！我们两个靠着墙，无秩序地谈了些话。研究着壁上嵌在大框子里的油画。我受冻的脚遇到了热，在鞋里面作痒。这是我自己的事，努力忍着好了！

客厅中那么许多人都是生人。大家一起喝茶，吃瓜子。这家的主人来来往往地走，他很像一个主人的样子，他讲话的姿式很温和，面孔带着敬意，并且他时时整理他的上衣：挺一挺胸，直一直胳臂，他的领结不知整理多少次，这一切表示个主人的样子。

客厅每一个角落有一张门，可以通到三个另外的小屋去，其余的一张门是通过道的。

就从一个门中走出一个穿皮外套的女人，转了一个弯，她走出客厅去了。

我正在台灯下读着一个剧本时，听到郎华和什么人静悄悄在讲话。看去是一个胖军官样的人和郎华对面立着。他们走到客厅中央圆桌的地方坐下来。他们的谈话我听不懂，什么"炮二队""第九期，第八期"，又是什么人，我从未听见过的名字郎华说出来，那人也说，总之很稀奇。不但我感到稀奇，为着这样生疏的术语，所有客厅中的人都静肃了一下。

从右角的门扇走出一个小女人来，虽然穿的高跟鞋，但她像个小"蒙古"。胖人站起来说："这是我的女人！"

郎华也把我叫过去，照样也说给他们。这样一来，我就可以坐在旁边细听他们的讲话了！

走在回家的路上，郎华告诉我："那个是我的同学啊！"

电车不住地响着铃子，冒着绿火。半面月亮升起在西天，街角卖豆浆的灯火好像个小萤火虫，卖浆人守着他渐渐冷却的浆锅，默默打转。夜深了！夜深了。

二
留住激情，留住天真

十 元 钞 票

在绿色的灯下,人们跳着舞狂欢着,有的抱着椅子跳,胖朋友他也丢开风琴,从角落扭转出来,他扭到混杂的一堆人去,但并不消失在人中。因为他胖,同时也因为他跳舞做着怪样,他十分不协调地在跳,两腿扭颤得发着疯。他故意妨碍别人,最终他把别人都弄散开去,地板中央只留下一个流汗的胖子。人们怎样大笑,他不管。

"老牛跳得好!"人们向他招呼。

他不听这些,他不是跳舞,他是乱跳瞎跳,他完全胡闹,他蠢得和猪、和蟹子那般。

红灯开起来,扭扭转转的那一些绿色的人变红起来。红灯带来另一种趣味,红灯带给人们更热心的胡闹。瘦高的老桐扮了一个女相,和胖朋友跳舞。女人们笑流泪了!直不起腰了!但是胖朋友仍是一拐一拐。他的"女舞伴"在他的手臂中也是谐和地把头一扭一拐,扭得太丑,太愚蠢,几乎要把头扭掉,要把腰扭断,但是他还扭,好像很不要脸似的,一点也不知羞似的,那满脸的红胭脂呵!那满脸丑恶得到妙处的笑容。

第二次老桐又跑去化妆,出来时,头上包一张红布,脖子后拖着很硬的但有点颤动的棍状的东西。那是用红布扎起来的、扫帚把柄的样子,生在他的脑后。又是跳舞,每跳一下,脑后的小尾巴就随着颤动一下。

跳舞结束了,人们开始吃苹果,吃糖,吃茶。就是吃也没有个吃的样子!有人说:"我能整吞一个苹果。"

"你不能，你若能整吞个苹果，我就能整吞一个活猪！"另一个说。

自然，苹果也没有吞，猪也没有吞。

外面对门那家锁着的大狗，锁链子在响动。腊月开始严寒起来，狗冻得小声吼叫着。

带颜色的灯闭起来，因为没有颜色的刺激，人们暂时安定了一刻。因为过于兴奋的缘故，我感到疲乏，也许人人感到疲乏大家都安定下来，都像恢复了人的本性。

小"电驴子"从马路笃笃地跑过，又是日本宪兵在巡逻吧！可是没有人害怕，人们对于日本宪兵的印象还浅。

"玩呀！乐呀！"第一个站起的人说。

"不乐白不乐，今朝有酒今朝醉……"大个子老桐也说。

胖朋友的女人拿一封信，送到我的手里："这信你到家去看好啦！"

郎华来到我的身边。也不知道这是什么意思，我就把信放到衣袋中。

只要一走出屋门，寒风立刻刮到人们的脸，外衣的领子竖起来，显然郎华的夹外套是感到冷，但是他说："不冷。"

一同出来的人，都讲着过旧年时比这更有趣味，那一些趣味早从我们跳开去。我想我有点饿，回家可吃什么？于是别人再讲什么，我听不到了！郎华也冷了吧，他拉着我走向前面，越走越快了，使我们和那些人远远地分开。

在蜡烛旁忍着脚痛看那封信，信里边十元钞票露出来。

夜是如此静了，小狗在房后吼叫。

第二天，一些朋友来约我们到"牵牛房"去吃夜饭。果然吃很好，这样的饱餐，非常觉得不多得，有鱼，有肉，有很好滋味的汤。又是玩到半夜才回来。这次我走路时很起劲，饿了也不怕，在家有十元票子在等我。我特别充实地迈着大步，寒风不能打击我。

"新城大街"，"中央大街，"行人很稀少了！人走在行人道，好像没有挂掌的马走在冰面，很小心的，然而时时要跌倒。店铺的铁门关得紧紧，里面无光了,街灯和警察还存在,警察和垃圾箱似的失去了威权,他背上的枪提醒着他的职务,若不然他会依着电线柱睡着的。再走就快到"商市街"了!然而今夜我还没有走够,"马迭尔"旅馆门前的大时钟孤独挂着。向北望去,松花江就是这条街的尽头。

我的勇气一直到"商市街"口还没消灭、脑中、心中、脊背上、腿上,似乎各处有一张十元票子,我被十元票子鼓励得肤浅得可笑了。

是叫化子吧!起着哼声,在街的那在移动。我想他没有十元票子吧!

铁门用钥匙打开,我们走进院去,但,我仍听得到叫化子的哼声。

同命运的小鱼

我们的小鱼死了。它从盆中跳出来死的。

我后悔,为什么要出去那么久!为什么只贪图自己的快乐而把小鱼干死了!

那天鱼放到盆中去洗的时候,有两条又活了,在水中立起身来。那么只用那三条死的来烧菜。鱼鳞一片一片地掀掉,沉到水盆底去;肚子剥开,肠子流出来。我只管掀掉鱼鳞,我还没有洗过鱼,这是试着干,所以有点害怕,并且冰凉的鱼的身子,我总会联想到蛇;剥鱼肚子我更不敢了。郎华剥着,我就在旁边看,然而看也有点躲躲闪闪,好像乡下没有教养的孩子怕着已死的猫会还魂一般。

"你看你这个无用的,连鱼都怕。"说着,他把已经收拾干净的鱼放下,又剥第二个鱼肚子。这回鱼有点动,我连忙扯了他的肩膀一下:"鱼活啦,鱼活啦!"

"什么活啦!神经质的人,你就看着好啦!"他逞强一般地在鱼肚子上划了一刀,鱼立刻跳动起来,从手上跳下盆去。

"怎么办哪?"这回他向我说了。我也不知道怎么办。他从水中摸出来看看,好像鱼会咬了他的手,马上又丢下水去。

鱼的肠子流在外面一半,鱼是死了。

"反正也是死了,那就吃了它。"

鱼再被拿到手上,一些也不动弹。他又安然地把它收拾干净。直到第三条鱼收拾完,我都是守候在旁边,怕看,又想看。第三条鱼是全死的,没有动。盆中更小的一条很活泼了,在盆中转圈。另一条怕是要死,立起不多时又横在水面。

火炉的铁板热起来,我的脸感觉烤痛时,锅中的油翻着花。

鱼就在大炉台的菜板上,就要放到油锅里去。我跑到二层门去拿油瓶,听得厨房里有什么东西跳起来,噼噼啪啪的。他也来看。盆中的鱼仍在游着,那么菜板上的鱼活了,没有肚子的鱼活了,尾巴仍打得菜板很响。

这时我不知该怎样做,我怕看那悲惨的东西。躲到门口,我想:不吃这鱼吧。然而它已经没有肚子了,可怎样再活?我的眼泪都跑上眼睛来,再不能看了。我转过身去,面向着窗子。窗外的小狗正在追逐那红毛鸡,房东的使女小菊挨过打以后到墙根处去哭……

这是凶残的世界,失去了人性的世界,用暴力毁灭了它吧!毁灭了这些失去了人性的世界。

晚饭的鱼是吃的,可是很腥,我们吃得很少,全部丢到垃圾箱去。

剩下来两条活的就在盆里游泳。夜间睡醒时,听见厨房里有乒乓的水声。点起洋烛去看一下。可是我不敢去,叫郎华去看。

"盆里的鱼死了一条,另一条鱼在游水响……"

到早晨,用报纸把它包起来,丢到垃圾箱去。只剩一条在水中上下游着,又为它换了一盆水,早饭时又丢了一些饭粒给它。

小鱼两天都是快活的,到第三天忧郁起来,看了几次,它都是沉到盆底。

"小鱼都不吃食啦,大概要死吧?"我告诉郎华。

他敲一下盆沿,小鱼走动两步;再敲一下,再走动两步……不敲,它就不走,它就沉下去。

又过一天,小鱼的尾巴也不摇了,就是敲盆沿,它也不动一动尾巴。

"把它送到江里一定能好,不会死。它一定是感到不自由才忧愁起来!"

"怎么送呢?大江还没有开冻,就是能找到一个冰洞把它塞下去,我看也要冻死,再不然也要饿死。"我说。

郎华笑了。他说我像玩鸟的人一样,把鸟放在笼子里,给它米子吃,就说它没有悲哀了,就说比在山里好得多,不会冻死,不会饿死。

"有谁不爱自由呢?海洋爱自由,野兽爱自由,昆虫也爱自由。"郎华又敲了一下水盆。

小鱼只悲哀了两天,又畅快起来,尾巴打着水响。我每天在火边烧饭,一边看着它,好像生过病又好起来的自己的孩子似的,更珍贵一点,更爱惜一点。天真太冷,打算过了冷天就把它放到江里去。

我们每夜到朋友那里去玩,小鱼就自己在厨房里过个整夜。它什么也不知道,它也不怕猫会把它攫了去,它也不怕耗子会使它惊跳。我们半夜回来也要看看,它总是安安然然地游着。家里没有猫,知道它没有危险。

又一天就在朋友那里过的夜,终夜是跳舞,唱戏。第二天晚上才回来。时间太长了,我们的小鱼死了!

第一步踏进门的是郎华,差一点没踏碎那小鱼。点起洋烛去看,还有一点呼吸,腮还轻轻地抽着。我去摸它身上的鳞,都干了。小鱼是什么时候跳出水的?是半夜?是黄昏?耗子惊了你,还是你听到了猫叫?

蜡油滴了满地,我举着蜡烛的手,不知歪斜到什么程度。

屏着呼吸,我把鱼从地板上拾起来,再慢慢把它放到水里,好像亲手让我完成一件丧仪。沉重的悲哀压住了我的头,我的手也颤抖了。

短命的小鱼死了!是谁把你摧残死的?你还那样幼小,来到世界——说你来到鱼群吧,在鱼群中你还是幼芽一般正应该生长的,可是你死了!

郎华出去了,把空漠的屋子留给我。他回来时正在开门,我就赶上去说:"小鱼没死,小鱼又活啦!"我一面拍着手,眼泪就要流出来。我到桌子了去取蜡烛。他敲着盆沿,没有动,鱼又不动了。

"怎么又不会动了?"手到水里去把鱼立起来,可是它又横过去。

"站起来吧。你看蜡油啊!……"他拉我离开盆边。

小鱼这回是真死了!可是过一会又活了。这回我们相信小鱼绝对不会死,离水的时间太长,复一复原就会好的。

半夜郎华起来看,说它一点也不动了,但是不怕,那一定是又在休息。我招呼郎华不要动它,小鱼在养病,不要搅扰它。

亮天看它还在休息,吃过早饭看它还在休息。又把饭粒丢到盆中。我的脚踏起地板来也放轻些,只怕把它惊醒,我说小鱼是在睡觉。

这睡觉就再没有醒。我用报纸包它起来,鱼鳞沁着血,一只眼睛一定是在地板上挣跳时弄破的。

就这样吧,我送它到垃圾箱去。

几个欢快的日子

人们跳着舞,"牵牛房"那一些人们每夜跳着舞。过旧年那夜,他们就在茶桌上摆起大红蜡烛,他们摹仿着供财神,拜祖宗。灵秋穿起紫红绸袍,黄马褂,腰中配着黄腰带,他第一个跑到神桌前。老桐又是他那一套,穿起灵秋太太瘦小的旗袍,长短到膝盖以上,大红的脸,脑后又是用红布包起笤帚把柄样的东西,他跑到灵秋旁边,他们俩是一致的,每磕一下头,口里就自己喊一声口号:一、二、三……不倒翁样不能自主地倒下又起来。后来就在地板上烘起火来,说是过年都是烧纸的……这套把戏玩得熟了,惯了!不是过年,也每天来这一套,人们看得厌了!对于这事冷淡下来,没有人去大笑,于是又变一套把戏:捉迷藏。

客厅是个捉迷藏的地盘,四下窜走,桌子底下蹲着人,椅子倒过来扣在头上顶着跑,电灯泡碎了一个。蒙住眼睛的人受着大家的玩戏,在那昏庸的头上摸一下,在那分张的两手上打一下。有各种各样的叫声,蛤蟆叫、狗叫、猪叫还有人在装哭。要想捉住一个很不容易,从客厅的四个门会跑到那些小屋去。有时瞎子就摸到小屋去,从门后扯出一个来,也有时误捉了灵秋的小孩。虽然说不准向小屋跑,但总是跑。后一次瞎子摸到王女士的门扇。

"那门不好进去。"有人要告诉他。

"看着,看着不要吵嚷!"又有人说。

全屋静下来,人们觉得有什么奇迹要发生。瞎子的手接触到门扇,他触到门上的铜环响,眼看他就要进去把王女士捉出来,每人心里都想着这个:

看他怎样捉啊!

"谁呀!谁?请进来!"跟着很脆的声音开门来迎接客人了!以为她的朋友来访她。

小浪一般冲过去的笑声,使摸门的人脸上的罩布脱掉了,红了脸。王女士笑着关了门。

玩得厌了!大家就坐下喝茶,不知从什么瞎话上又拉到正经问题上。于是"做人"这个问题使大家都兴奋起来。

——怎样是"人",怎样不是"人"?

"没有感情的人不是人。"

"没有勇气的人不是人。"

"冷血动物不是人。"

"残忍的人不是人。"

"有人性的人才是人。"

"……"

每个人都会规定怎样做人。有的人他要说出两种不同做人的标准。起首是坐着说,后来站起来说,有的也要跳起来说……

"人是情感的动物,没有感情就不能生出同情,没有同情那就是自私,为己……结果是互相杀害,那就不是人。"那人的眼睛睁得很圆,表示他的理由充足,表示他把人的定义下得准确……

"你说的不对,什么同情不同情,就没有同情,中国人就是冷血动物,中国人就不是人。"第一个又站了起来,这个人他不常说话,偶然说一句使人很注意。

说完了,他自己先红了脸,他是山东人,老桐学着他的山东调:……

"老猛(孟),你使(是)人不使人?"

许多人爱和老孟开玩笑,因为他老实,人们说他像个大姑娘。……

"浪漫诗人……",是老桐的绰号。他好喝酒,让他作诗不用笔就能一套连着一套,连想也不用想一下。他看到什么就给什么作个诗;朋友来了他也作诗：……

"梆梆梆敲门响，呀！何人来了？"

总之，就是猫和狗打架，你若问他，他也有诗，他不喜欢谈论什么人啦！社会啦！

他躲开正在为了"人"而吵叫的茶桌，摸到一本唐诗在读："昨日之……日不可留……今日之日……多……烦……忧……"，读得有腔有调，他用意就在打搅吵叫的一群。郎华正在高叫着：……

"不剥削人，不被人剥削就是人。"

老桐读诗也感到无味。……

"走！走啊！我们喝酒去。"

他看一看只有灵秋同意他，所以他又说："走，走，喝酒去。我请客……"

客请完了！差不多都是醉着回来。郎华反反复复地唱着半段歌，是维特别离绿蒂的故事，人人喜欢听，也学着唱。

听到哭声了！正像绿蒂一般年轻的姑娘被歌声引动着，哪能不哭？是谁哭？就是王女士。单身的男人在客厅中也被感动了，倒不是被歌声感动，而是被少女的明脆而好听的哭声所感动，在地心不住地打着转。尤其是老桐，他贪婪的耳朵几乎竖起来，脖子一定更长了点，他到门边去听，他故意说：……

"哭什么？真没意思！"其实老桐感到很有意思，所以他听了又听，说了又说："没意思。"

不到几天，老桐和那女士恋爱了！那女士也和大家熟识了！也到客厅来和大家一道跳舞。从那时起，老桐的胡闹也是高等的胡闹了！

在王女士面前，他耻于再把红布包在头上，当灵秋叫他去跳滑稽舞的时候，他说："我不跳啦！"一点兴致也不表示。

等王女士从箱子里把粉红色的面纱取出来："谁来当小姑娘，我给他化妆。"

"我来，我……我来……"老桐他怎能像个小姑娘？他像个长颈鹿似的跑过去。

他自己觉得很好的样子，虽然是胡闹，也总算是高等的胡闹。头上顶着面纱，规规矩矩地、平平静静地在地板上动着步。

但给人的感觉无异于他脑后的颤动着红扫帚柄的感觉。

别的单身汉，就开始羡慕幸福的老桐。可是老桐的幸福还没十分摸到，那女士已经和别人恋爱了！

所以"浪漫诗人"就开始作诗。正是这时候他失一次盗：丢掉他的毛毯，所以他就作诗"哭毛毯"。哭毛毯的诗作得很多，过几天来一套，过几天又来一套。朋友们看到他就问："你的毛毯哭得怎样了？"

女　教　师

一个初中学生，拿着书本来到家里上课，郎华一大声开讲，我就躲到厨房里去。第二天，那个学生又来，就没拿书，他说他父亲不许他读白话文，打算让他做商人，说白话文没有用；读古文他父亲供给学费，读白话文他父亲就不管。

最后，他从口袋摸出一张一元票子给郎华。

"很对不起先生，我读一天书，就给一元钱吧！"那学生很难过的样子，他说他不愿意学买卖。手拿着钱，他要哭似的。

郎华和我同时觉得很不好过，临走时，强迫把他的钱给他装进衣袋。

郎华的两个读中学课本的学生也不读了！他实在不善于这行业，到现在我们的生命线又断尽。胖朋友刚搬过家，我就拿了一张郎华写的条子到他家去。回来时我是带着米、面、木柈，还有几角钱。

我眼睛不住地盯住那马车，怕那车夫拉了木柈跑掉。所以我手下提着用纸盒盛着的米，因为我在快走而震摇着；又怕小面袋从车上翻下来，赶忙跑到车前去弄一弄。

听见马的铃铛响，郎华才出来！这一些东西很使他欢乐，亲切地把小面袋先拿进屋去。他穿着很单的衣裳，就在窗前摆堆着木柈。

"进来暖一暖再出去……冻着！"可是招呼不住他。始终摆完才进来。

"天真够冷。"他用手扯住很红的耳朵。

他又呵着气跑出去，他想把火炉点着，这是他第一次点火。

"桦子真不少,够烧五六天啦!米面也够吃五六天,又不怕啦!"

他弄着火,我就洗米烧饭。他又说了一些看见米面时特有高兴的话,我简直没理他。

米面就这样早饭晚饭的又快不见了,这就到我做女教师的时候了!

我也把桌子上铺了一块报纸,开讲的时候也是很大的声。郎华一看,我就要笑。他也是常常躲到厨房去。我的女学生,她读小学课本,什么猪啦,羊啦,狗啦!这一类字都不用我教她,她抢着自己念:"我认识,我认识!"

不管在什么地方碰到她认识的字,她就先一个一个念出来,不让她念也不行,因为她比我的岁数还大,我总有点不好意思。她先给我拿五元钱,并说:"过几天我再交那五元。"

四五天她没有来,以为她不会再来了。那天,我正在烧晚饭,她跑来。她说她这几天生病。我看她不像生病,那么她又来做什么呢?过了好久,她站在我的身边:"先生,我有点事求求你!"

"什么事?说吧……"我把葱花加到油里去炸。

她的纸单在手心握得很热,交给我,这是药方吗?信吗?

都不是。

借着炉台上那个流着油的小蜡烛看,看不清,怕是再点两支蜡烛我也看不清,因为我不认识那样的字。

"这是《易经》上的字!"郎华看了好些时才说。

"我批了个八字,找了好些人也看不懂,我想先生是很有学问的人,我拿来给先生看看。"

这次她走去,再也没有来,大概她觉得这样的先生教不了她,连个"八字"都说不出所以然来!

春意挂上了树梢

三月花还没有开,人们嗅不到花香,只是马路上融化了积雪的泥泞干起来。天空打起朦胧的多有春意的云彩;暖风和轻纱一般浮动在街道上,院子里。春末了,关外的人们才知道春来。春是来了,街头的白杨树蹿着芽,拖马车的马冒着气,马车夫们的大毡靴也不见了,行人道上外国女人的脚又从长统套鞋里显现出来。笑声,见面打招呼声,又复活在行人道上。商店为着快快地传播春天的感觉,橱窗里的花已经开了,草也绿了,那是布置着公园的夏景。我看得很凝神的时候,有人撞了我一下,是汪林,她也戴着那样小沿的帽子。

"天真暖啦!走路都有点热。"

看着她转过"商市街",我们才来到另一家店铺,并不是买什么,只是看看,同时晒晒太阳。这样好的行人道,有树,也有椅子,坐在椅子上,把眼睛闭起,一切春的梦,春的谜,春的暖力……这一切把自己完全陷进去。

听着,听着吧!春在歌唱……

"大爷,大奶奶……帮帮吧!……"这是什么歌呢,从背后来的?这不是春天的歌吧!

那个叫化子嘴里吃着个烂梨,一条腿和一只脚肿得把另一只显得好像不存在似的。

"我的腿冻坏啦!大爷,帮帮吧!

唉唉……!"

有谁还记得冬天? 阳光这样暖了! 街树蹿着芽!

手风琴在隔道唱起来,这也不是春天的调,只要一看那个瞎人为着拉琴而挪歪的头,就觉得很残忍。瞎人他摸不到春天,他没有。坏了腿的人,他走不到春天,他有腿也等于无腿。

世界上这一些不幸的人,存在着也等于不存在,倒不如赶早把他们消灭掉,免得在春天他们会唱这样难听的歌。

汪林在院心吸着一支烟卷,她又换一套衣裳。那是淡绿色的,和树枝发出的芽一样的颜色。她腋下夹着一封信,看见我们,赶忙把信送进衣袋去。

"大概又是情书吧!"郎华随便说着玩笑话。

她跑进屋去了。香烟的烟缕在门外打了一下旋卷才消灭。

夜,春夜,中央大街充满了音乐的夜。流浪人的音乐,日本舞场的音乐,外国饭店的音乐……七点钟以后。中央大街的中段,在一条横口,那个很响的扩音机哇哇地叫起来,这歌声差不多响彻全街。若站在商店的玻璃窗前,会疑心是从玻璃发着震响。一条完全在风雪里寂寞的大街,今天第一次又号叫起来。

外国人! 绅士样的,流氓样的,老婆子,少女们,跑了满街……有的连起人排来封闭住商店的窗子,但这只限于年轻人。也有的同唱机一样唱起来,但这也只限于年轻人。

这好像特有的年轻人的集会。他们和姑娘们一道说笑,和姑娘们连起排来走。中国人来混在这些卷发人中间,少得只有七分之一,或八分之一。但是汪林在其中,我们又遇到她。她和另一个也和她同样打扮漂亮的、白脸的女人同走……卷发的人用俄国话说她漂亮。她也用俄国话和他们笑了一阵。

中央大街的南端,人渐渐稀疏了。

墙根,转角,都发现着哀哭,老头子、孩子、母亲们……哀哭着的是永久被人间遗弃的人们！那边，还望得见那边快乐的人群。还听得见那边快乐的声音。

三月，花还没有，人们嗅不到花香。

夜的街，树枝上嫩绿的芽子看不见，是冬天吧？是秋天吧？但快乐的人们，不问四季总是快乐；哀哭的人们，不问四季也总是哀哭！

公　园

　　树叶摇摇曳曳地挂满了池边。一个半胖的人走在桥上，他是一个报社的编辑。

　　"你们来多久啦？"他一看到我们两个在长石凳上就说。

　　"多幸福，像你们多幸福，两个人逛逛公园……"

　　"坐在这里吧。"郎华招呼他。

　　我很快地让一个位置。但他没有坐，他的鞋底无意地踢撞着石子，身边的树叶让他扯掉两片。他更烦恼了，比前些日子看见他更有点两样。

　　"你忙吗？稿子多不多？"

　　"忙什么！一天到晚就是那一点事，发下稿去就完，连大样子也不看。忙什么，忙着幻想！"

　　"什么信！那……一点意思也没有，恋爱对于胆小的人是一种刑罚。"

　　让他坐下，他故意不坐下；没有人让他，他自己会坐下。

　　于是他又用手拔着脚下的短草。他满脸似乎蒙着灰色。

　　"要恋爱，那就大大方方地恋爱，何必受罪？"郎华摇一下头。

　　一个小信封，小得有些神秘意味的，从他的口袋里拔出来，拔着蝴蝶或是什么会飞的虫儿一样，他要把那信给郎华看，结果只是他自己把头歪了歪，那信又放进了衣袋。

　　"爱情是苦的呢，是甜的？我还没有爱她，对不对？家里来信说我母亲死了那天，我失眠了一夜，可是第二天就恢复了。为什么她……她使我不安会整天,整夜?才通信两个礼拜,我觉得我的头发也脱落了不少,嘴上的小胡也增多了。"

当我们站起要离开公园时,又来一个熟人:"我烦忧啊!我烦忧啊!"像唱着一般说。

我和郎华踏上木桥了,回头望时,那小树丛中的人影也像对那个新来的人说:"我烦忧啊!我烦忧啊!"

我每天早晨看报,先看文艺栏。这一天,有编者的说话:

摩登女子的口红,我看正相同于"血"。资产阶级的小姐们怎样活着的?不是吃血活着吗?不能否认,那是个鲜明的标记。人涂着人的"血"在嘴上,那是污浊的嘴,嘴上带着血腥和血色,那是污浊的标记。

我心中很佩服他,因为他来得很干脆。我一面读报;一面走到院子里去,晒一晒清晨的太阳。汪林也在读报。

"汪林,起得很早!"

"你看,这一段,什么小姐不小姐,'血'不'血'的!这骂人的是谁?"

那天郎华把他做编辑的朋友领到家里来,是带着酒和菜回来的。郎华说他朋友的女友到别处去进大学了。于是喝酒,我是帮闲喝,郎华是劝朋友。至于被劝的那个朋友呢?他嘴里哼着京调哼得很难听。

和我们的窗子相对的是汪林的窗子。里面胡琴响了。那是汪林拉的胡琴。

天气开始热了,趁着太阳还没走到正空,汪林在窗下长凳上洗衣服。编辑朋友来了,郎华不在家,他就在院心里来回走转,可是郎华还没有回来。

"自己洗衣服,很热吧!"

"洗得干净。"汪林手里拿着肥皂答他。

郎华还不回来,他走了。

夏　夜

汪林在院心坐了很长的时间了。小狗在她的脚下打着滚睡了。

"你怎么样？我胳臂疼。"

"你要小声点说，我妈会听见。"

我抬头看，她的母亲在纱窗里边，于是我们转了话题。在江上摇船到"太阳岛"去洗澡这些事，她是背着她的母亲的。

第二天，她又是去洗澡。我们三个人租一条小船，在江上荡着。清凉的，水的气味。

郎华和我都唱起来了。汪林的嗓子比我们更高。小船浮得飞起来一般。

夜晚又是在院心乘凉，我的胳臂为着摇船而痛了，头觉得发胀。我不能再听那一些话感到趣味。什么恋爱啦，谁的未婚夫怎样啦，某某同学结婚，跳舞……我什么也不听了，只是想睡。

"你们谈吧。我可非睡觉不可，"我向她和郎华告辞。

睡在我脚下的小狗，我误踏了它，小狗还在哽哽地叫着，我就关了门。

最热的几天，差不多天天去洗澡，所以夜夜我早早睡。郎华和汪林就留在暗夜的院子里。

只要接近着床，我什么全忘了。汪林那红色的嘴，那少女的烦闷……夜夜我不知道郎华什么时候回屋来睡觉。就这样，我不知过了几天了。

"她对我要好，真是……少女们。"

"谁呢？"

"那你还不知道！"

"我还不知道。"我其实知道。

很穷的家庭教师，那样好看的有钱的女人竟向他要好了。

"我坦白地对她说了：我们不能够相爱的，一方面有吟，一方面我们彼此相差得太远……你沉静点吧……"他告诉我。

又要到江上去摇船。那天又多了三个人，汪林也在内。一共是六个人：陈成和他的女人，郎华和我，汪林，还有那个编辑朋友。

停在江边的那一些小船动荡得落叶似的。我们四个跳上了一条船，当然把汪林和半胖的人丢下。他们两个就站在石堤上。本来是很生疏的，因为都是一对一对的，所以我们故意要看他们两个也配成一对，我们的船离岸很远了。

"你们坏呀！你们坏呀！"汪林仍叫着。

为什么骂我们坏呢？那人不是她一个很好的小水手吗？为她荡着桨，有什么不愿意吗？也许汪林和我的感情最好，也许也最愿意和我同船。船荡得那么远了，一切江岸上的声音都隔绝，江沿上的人影也消灭了轮廓。

水声，浪声，郎华和陈成混合着江声在唱。远远近近的那一些女人的阳伞，这一些船，这一些幸福的船呀！满江上是幸福的船，满江上是幸福了！人间，岸上，没有罪恶了吧！

再也听不到汪林的喊，他们的船是脱开离我们很远了。

郎华故意把桨打起的水星落到我的脸上。船越行越慢，但郎华和陈成流起汗来。桨板打到江心的沙滩了，小船就要搁浅在沙滩上。这两个勇敢的大鱼似的跳下水去，在大江上挽着船行。

一入了湾，把船任意停在什么地方都可以。

我浮水是这样浮的：把头昂在水外，我也移动着，看起来在浮，其实手却抓着江底的泥沙，鳄鱼一样，四条腿一起爬着浮。那只船到来时，听着汪林在叫。很快她脱了衣裳，也和我一样抓着江底在爬，但她是快乐的，爬得很有意思。在沙滩上滚着的时候，居然很熟识了，她把伞打起来，给她同船的人遮着太阳，她保护着他。陈成扬着沙子飞向他："陵，着镖吧！"

汪林和陵站了一队，用沙子反攻。

我们的船出了湾，已行在江上时，他们两个仍在沙滩上走着。

"你们先走吧，看我们谁先上岸。"汪林说。

太阳的热力在江面上开始减低，船是顺水行下去的。他们还没有来，看过多少只船，看过多少柄阳伞，然而没有汪林的阳伞。太阳西沉时，江风很大了，浪也很高，我们有点担心那只船。李说那只船是"迷船"。

四个人在岸上就等着这"迷船"，意想不到的是他们绕着弯子从上游来的。

汪林不骂我们是坏人了，风吹着她的头发，那兴奋的样子，这次摇船好像她比我们得到的快乐更大，更多……

早晨在看报时，编辑居然作诗了。大概就是这样的意思：愿意风把船吹翻，愿意和美人一起沉下江去……

我这样一说，就没有诗意了。总之，可不是前几天那样的话，什么摩登女子吃"血"活着啦，小姐们的嘴是吃"血"的嘴啦……总之可不是那一套。这套比那套文雅得多，这套说摩登女子是天仙，那套说摩登女子是恶魔。

林和郎华在夜间也不那么谈话了。陵编辑一来，她就到我们屋里来，因此陵到我们家来的次数多多了。

"今天早点走……多玩一会，你们在街角等我。"这样的话，汪林再不向我们说了。

她用不到约我们去"太阳岛"了。

伴着这吃人血的女子在街上走，在电影院里会，他也不怕她会吃他的血，还说什么怕呢，常常在那红色的嘴上接吻，正因为她的嘴和血一样红才可爱。

骂小姐们是恶魔是羡的意思，是伸手去攫取怕她逃避的意思。

在街上，汪林的高跟鞋，陵的亮皮鞋，咯噔咯噔和谐地响着。

册　子

永远不安定下来的洋烛的火光，使眼睛痛了。抄写，抄写……

"几千字了？"

"才三千多。"

"不手疼吗？休息休息吧，别弄坏了眼睛。"郎华打着哈欠到床边，两只手相交着依在头后，背脊靠着铁床的钢骨。我还没停下来，笔尖在纸上作出响声……

纱窗外阵阵起着狗叫，很响的皮鞋，人们的脚步从大门道来近。不自禁的恐怖落在我的心上。

"谁来了，你出去看看。"

郎华开了门，李和陈成进来。他们是剧团的同志，带来的一定是剧本。我没接过来看，让他们随便坐在床边。

"吟真忙，又在写什么？"

"没有写，抄一点什么。"我又拿起笔来抄。

他们的谈话，我一句半句地听到一点，我的神经开始不能统一，时时写出错字来，或是丢掉字，或是写重字。

蚊虫啄着我的脚面，后来在灯下也嗡嗡叫，我才放下不写。

呵呀呀，蚊虫满屋了！门扇仍大开着。一个小狗崽溜走进来，又卷着尾巴跑出去。

关起门来，蚊虫仍是飞……我用手搔着作痒的耳，搔着腿和脚……手指的骨节搔得肿胀起来,这些中了蚊毒的地方,使我已经发酸的手腕不得不停下。我的嘴唇肿得很高,眼边也感到发热和紧胀。这里搔搔,那里搔搔,我的手感到不够用了。

"册子怎么样啦?"李的烟卷在嘴上冒烟。

"只剩这一篇。"郎华回答。

"封面是什么样子?"

"就是等着封面呢……"

第二天,我也跟着跑到印刷局去。使我特别高兴,折得很整齐的一帖一帖的都是要完成的册子,比儿时母亲为我制一件新衣裳更觉欢喜。……我又到排铅字的工人旁边,他手下按住的正是一个题目,很大的铅字,方的,带来无限的感情,那正是我的那篇《夜风》。

那天预先吃了一顿外国包子,郎华说他为着册子来敬祝我,所以到柜台前叫那人倒了两个杯"伏特克"酒。我说这是为着册子敬祝他。

被大欢喜追逐着,我们变成孩子了!走进公园,在大树下乘了一刻凉,觉得公园是满足的地方。望着树梢顶边的天。外国孩子们在地面弄着沙土。因为还是上午,游园的人不多,日本女人撑着伞走。卖"冰激凌"的小板房洗刷着杯子。我忽然觉得渴了,但那一排排的透明的汽水瓶子,并不引诱我们。我还没有养成那样的习惯,在公园还没喝过一次那样东西。

"我们回家去喝水吧。"只有回家去喝冷水,家里的冷水才不要钱。

拉开第一扇门,大草帽被震落下来。喝完了水,我提议戴上大草帽到江边走走。

赤着脚,郎华穿的是短裤,我穿的是小短裙子,向江边出发了。

两个人渔翁似的,时时在沿街玻璃窗上反映着。

"划小船吧,多么好的天气!"到了江边我又提议。

"就剩两毛钱……但也可以划,都花了吧!"

择一个船底铺着青草的、有两副桨的船。和船夫说明,一点钟一角五分。并没打算洗澡,连洗澡的衣裳也没有穿。船夫给推开了船,我们向江心去了。两副桨翻着,顺水下流,好像江岸在退走。我们不是故意去寻,任意遇到了一个沙洲,有两方丈的沙滩突出江心,郎华勇敢地先跳上沙滩,我胆怯,迟疑着,怕沙洲会沉下江底。

最后洗澡了,就在沙洲上脱掉衣服。郎华是完全脱的。我看了看江沿洗衣人的面孔是辨不出来的,那么我借了船身的遮掩,才爬下水底把衣服脱掉。我时时靠沙滩,怕水流把我带走。江浪击撞着船底,我拉住船板,头在水上,身子在水里,水光、天光,离开了人间一般的。当我躺在沙滩晒太阳时,从北面来了一只小划船。我慌张起来,穿衣裳已经来不及,怎么好呢?爬下水去吧!船走过,我又爬上来。

我穿好衣服。郎华还没穿好。他找他的衬衫,他说他的衬衫洗完了就挂在船板上,结果找不到。远处有白色的东西浮着,他想一定是他的衬衫了。划船去追白色的东西,那白东西走得很慢,那是一条鱼,死掉的白色的鱼。

虽然丢掉了衬衫并不感到可惜,郎华赤着膀子大嚷大笑地把鱼捉上来,大概他觉得在江上能够捉到鱼是一件很有本领的事。

"晚饭就吃这条鱼,你给煎煎它。"

"死鱼不能吃,大概臭了。"

他赶快把鱼腮掀给我看:"你看,你看,这样红就会臭的?"

直到上岸,他才静下去。

"我怎么办呢!光着膀子,在中央大街上可怎样走?"他完全静下去了,大概这时候忘了他的鱼。

我跑到家去拿了衣裳回来,满头流着汗。可是,他在江沿和码头夫们在一起喝茶了。

在那个样的布棚下吹着江风。他第一句和我说的话,想来是:"你热吧?"

但他不是问我,他先问鱼:"你把鱼放在哪里啦?用凉水泡上没有?"

"五分钱给我!"我要买醋,煎鱼要用醋的。

"一个铜板也没剩,我喝了茶,你不知道?"

被大欢喜追逐着的两个人,把所有的钱用掉,把衬衣丢到大江,换得一条死鱼。

等到吃鱼的时候,郎华又说:"为着册子,我请你吃鱼。"

这是我们创作的一个阶段,最前的一个阶段,册子就是划分这个阶段的东西。

八月十四日,家家准备着过节的那天。我们到印刷局去,自己开始装订,装订了一整天。郎华用拳头打着背,我也感到背痛。

于是郎华跑出去叫来一部斗车,一百本册子提上车去。就在夕阳中,马脖子上颠动着很响的铃子,走在回家的道上。

家里,地板上摆着册子,朋友们手里拿着册子,谈论也是册子。同时关于册子出了谣言:没收啦!日本宪兵队逮捕啦!

逮捕可没有逮捕,没收是真的。送到书店去的书,没有几天就被禁止发卖了。

剧　团

册子带来了恐怖。黄昏时候,我们排完了剧,和剧团那些人出了"民众教育馆",恐怖使我对于家有点不安。街灯亮起来,进院,那些人跟在我们后面。门扇、窗子,和每日一样安然地关着。我十分放心,知道家中没有来过什么恶物。

失望了,开门的钥匙由郎华带着,于是大家只好坐在窗下的楼梯口。李买的香瓜,大家就吃香瓜。

汪林照样吸着烟。她掀起纱窗帘向我们这边笑了笑。陈成把一个香瓜高举起来。

"不要。"她摇头,隔着玻璃窗说。

我一点趣味也感不到,一直到他们把公演的事情议论完,我想的事情还没停下来。

我愿意他们快快走,我好收拾箱子,好像箱子里面藏着什么使我和郎华犯罪的东西。

那些人走了,郎华从床底把箱子拉出来,洋烛立在地板上,我们开始收拾了。弄了满地纸片,什么犯罪的东西也没有。但不敢自信,怕书页里边夹着骂"满洲国"的,或是骂什么的字迹,所以每册书都翻了一遍。一切收拾好,箱子是空空洞洞的了。一张高尔基的照片,也把它烧掉。大火炉烧得烤痛人的面。我烧得很快,日本宪兵就要来捉人似的。

当我们坐下来喝茶的时候,当然是十分定心了,十分有把握了。一张吸墨纸我无意地玩弄着，我把腰挺得很直，很大方的样子，我的心像被拉满的弓放了下来一般的松适。

我细看红铅笔在吸墨纸上写的字，那字正是犯法的字：——小日本子，走狗，他妈的"满洲国"……

我连再看一遍也没有看，就送到火炉里边。

"吸墨纸啊？是吸墨纸！"郎华可惜得跺着脚。等他发觉那已开始烧起了："那样大一张吸墨纸你烧掉它，烧花眼了？什么都烧，看用什么！"

他过于可惜那张吸墨纸。我看他那种样子也很生气。吸墨纸重要，还是拿生命去开玩笑重要？

"为着一个虱子烧掉一件棉袄！"郎华骂我，"那你就不会把字剪掉？"

我哪想起来这样做！真傻，为着一块疮疤丢掉一个苹果！

我们把"满洲国"建国纪念明信片摆到桌上，那是朋友送给的，很厚的一打。还有两本上面写着"满洲国"字样的不知是什么书，连看也没有看也摆起来。桌子上面很有意思：《离骚》《李后主词》《石达开日记》，他当家庭教师用的小学算术教本。

一本《世界各国革命史》也从桌子抽下去，郎华说那上面载着日本怎样压迫朝鲜的历史，所以不能摆在外面。我一听说有这种重要性，马上就要去烧掉，我已经站起来了，郎华把我按下："疯了吗？你疯了吗？"

我就一声不响了，一直到灭了灯睡下，连呼吸也不能呼吸似的。在黑暗中我把眼睛张得很大。院中的狗叫声也多起来。大门扇响得也厉害了。总之，一切能发声的东西都比平常发的声音要高，平常不会响的东西也被我新发现着，棚顶发着响，洋瓦房盖被风吹着也响，响，响……

郎华按住我的胸口……我的不会说话的胸口。铁大门震响了一下，我跳了一下。

"不要怕，我们有什么呢？什么也没有。谣传不要太认真。他妈的，哪天捉去哪天算！睡吧，睡不足，明天要头疼的……"

他按住我的胸口。好像给恶梦惊醒的孩子似的，心在母亲的手下大跳着。

有一天,到一家影戏院去试剧,散散杂杂的这一些人,从我们的小房出发。

全体都到齐,只少了徐志,他一次也没有不到过,要试演他就不到,大家以为他病了。

很大的舞台,很漂亮的垂幕。我扮演的是一个老太婆的角色,还要我哭,还要我生病。把四个椅子拼成一张床,试一试倒下去,我的腰部触得很疼。

先试给影戏院老板看的,是郎华饰的《小偷》中的杰姆和李饰的律师夫人对话的那一幕。我是另外一个剧本,还没挨到我,大家就退出影戏院了。

三个剧排了三个月,若说演不出,总有点可惜。

"关于你们册子的风声怎么样?"

"没有什么。怕狼、怕虎是不行的。这年头只得碰上什么算什么……"郎华是刚强的。

又 是 冬 天

窗前的大雪白绒一般,没有停地在落,整天没有停。我去年受冻的脚完全好起来,可是今年没有冻,壁炉着得呼呼发响,时时起着木柈的小炸音;玻璃窗简直就没被冰霜蔽住;柈子不像去年摆在窗前,而是装满了柈子房的。

我们决定非"回国"①不可。每次到书店去,一本杂志也没有,至于别的书,那还是三年前摆在玻璃窗里退了色的旧书。

非去不可,非走不可。

遇到朋友,我们就问:……

"海上几月里浪小?小海船是怎样晕法?……"因为我们都没航过海,海船那样大,在图画上看见也是害怕,所以一经过"万国车票公司"的窗前,必须要停住许多时候,要看窗子里立着的大图画,我们计算着这海船有多么高啊!都说海上无风三尺浪,我在玻璃上就用手去量,看海船有海浪的几倍高?结果那太差远了!海船的高度等于海浪的二十倍。我说海船六丈高。

"哪有六丈?"郎华反对我,他又量量:"哼!可不是吗!差不多……海浪三尺,船高是二十三尺。"

也有时因为我反复着说:"有那么高吗?没有吧!也许有!"

---

① 当时哈尔滨属"满洲国",因此离开哈尔滨到关里,等于是从满洲国回中国。

郎华听了就生起气了，因为海船的事差不多在街上就吵架……

可是朋友们不知道我们要走。有一天，我们在胖朋友家里举起酒杯的时候，嘴里吃着烧鸡的时候，郎华要说，我不叫他说，可是到底说了。

"走了好！我看你早就该走！"以前胖朋友常这样说："郎华，你走吧！我给你们对付点路费。我天天在××科里听着问案子。皮鞭子打得那个响！哎，走吧！我想要是我的朋友也弄去……那声音可怎么听？我一看那行人，我就想到你……"

老秦来了，他是穿着一件崭新的外套，看起来帽子也是新的，不过没有问他，他自己先说："你们看我穿新外套了吧？非去上海不可，忙着做了两件衣裳，好去进当铺，卖破烂，新的也值几个钱……"

听了这话，我们很高兴，想不说也不可能："我们也走，非走不可，在这个地方等着活剥皮吗？"郎华说完了就笑了：

"你什么时候走？"

"那么你们呢？"

"我们没有一定。"

"走就五六月走，海上浪小……"

"那么我们一同走吧！"

老秦并不认为我们是真话，大家随便说了不少关于走的事情，怎样走法呢？怕路上检查，怕路上盘问，到上海什么朋友也没有，又没有钱。说得高兴起来，逼真了！带着幻想了！老秦是到过上海的，他说四马路怎样怎样！他说上海的穷是怎样的穷法……

他走了以后，雪还没有停。我把火炉又放进一块木样去。又到烧晚饭的时间了！我想一想去年，想一想今年，看一看自己的手骨节胀大了一点，个子还是这么高，还是这么瘦……

这房子我看得太熟了，至于墙上或是棚顶有几个多余的钉子，我都知道。郎华呢？没有瘦胖，他是照旧，从我认识他那时候起，他就是那样，颧骨很高，眼睛小，嘴大，鼻子是一条柱。

"我们吃什么饭呢？吃面或是饭？"

居然我们有米有面了，这和去年不同，忽然那些回想牵住了我……借到两角钱或一角钱……空手他跑回来……抱着新棉袍去进当铺。

我想到我冻伤的脚，下意识地看了一下脚。于是又想到桦子，那样多的桦子，烧吧！

我就又去搬了木桦进来。

"关上门啊！冷啊！"郎华嚷着。

他仍把两手插在裤袋，在地上打转；一说到关于走，他不住地打转，转起半点钟来也是常常的事。

秋天，我们已经装起电灯了。隐在灯下抄自己的稿子。郎华又跑出去，他是跑出去玩，这可和去年不同，今年他不到外面当家庭教师了。

门前的黑影

从昨夜,对于震响的铁门更怕起来,铁门扇一响,就跑到过道去看,看过四五次都不是,但愿它不是。清早了,某个学校的学生,他是郎华的朋友,他戴着学生帽,进屋也没脱,他连坐下也不坐下就说:"风声很不好,关于你们,我们的同学弄去了一个。"

"什么时候?"

"昨天。学校已经放假了,他要回家还没有定。今天一早又来日本宪兵,把全宿舍检查一遍,每个床铺都翻过,翻出一本《战争与和平》来……"

"《战争与和平》又怎么样?"

"你要小心一点,听说有人要给你放黑箭。"

"我又不反满,不抗日,怕什么?"

"别说这一套话,无缘无故就要拿人,你看,把《战争与和平》那本书就带了去,说是调查调查,也不知道调查什么?"

说完他就走了。问他想放黑箭的是什么人?他不说。过一会,又来一个人,同样是慌张,也许近些日子看人都是慌张的。

"你们应该躲躲,不好吧!外边都传说剧团不是个好剧团。那个团员出来了没有?"

我们送走了他,就到公园走走。冰池上小孩们在上面滑着冰,日本孩子,俄国孩子……中国孩子……

我们绕着冰池走了一周,心上带着不愉快……所以彼此不讲话,走得很沉闷。

"晚饭吃面吧!"他看到路北那个切面铺才说,我进去买了面条。

回到家里,书也不能看,俄语也不能读,开始慢慢预备晚饭吧!虽然在预备吃的东西也不高兴,好像不高兴吃什么东西。

木格上的盐罐装着满满的白盐,盐罐旁边摆着一包大海米、酱油瓶、醋瓶、香油瓶,还有一罐炸好的肉酱。墙角有米袋、面袋、样子房满堆着木料……这一些并不感到满足,用肉酱拌面条吃,倒不如去年米饭拌着盐吃舒服。

"商市街"口,我看到一个人影,那不是寻常的人影,即像日本宪兵。我继续前走,怕是郎华知道要害怕。

走了十步八步,可是不能再走了!那穿高筒皮靴的人在铁门外盘旋。我停止下,想要细看一看。郎华和我同样,他也早就注意上这人。我们想逃。他是在门口等我们吧!

不用猜疑,路南就停着小"电驴子",并且那日本人又走到路南来,他的姿式表示着他的耳朵也在倾听。

不要家了,我们想逃,但是逃向哪里呢?

那日本人连刀也没有佩,也没有别的武装,我们有点不相信他就会拿人。我们走进路南的洋酒面包店去,买了一块面包,我并不要买肠子,掌柜的就给切了肠子,因为我是聚精会神地在注意玻璃窗外的事情。那没有佩刀的日本人转着弯子慢慢走掉了。

这真是一场大笑话,我们就在铺子里消费了三角五分钱,……从玻璃门出来,带着三角五分钱的面包和肠子。假若是更多的钱在那当儿就丢在马路上,也不觉得可惜……

"要这东西做什么呢?明天袜子又不能买了。"事件已经过去,我懊悔地说。

"我也不知道,谁叫你进去买的?想怨谁?"

郎华在前面哐哐地开着门,屋中的热气快扑到脸上来。

一个南方的姑娘

郎华告诉我一件新的事情,他去学开汽车回来的第一句话说:"新认识一个朋友,她从上海来,是中学生。过两天还要到家里来。"

第三天,外面打着门了!我先看到的是她头上扎着漂亮的红带,她说她来访我。老王在前面引着她。大家谈起来,差不多我没有说话,我听着别人说。

"我到此地四十天了!我的北方话还说不好,大概听得懂吧!老王是我到此地才认识的。那天巧得很,我看报上为着戏剧在开着笔战,署名郎华的我同情他……我同朋友们说:这位郎华先生是谁?论文作得很好。因为老王的介绍,上次,见到郎华……"

我点着头,遇到生人,我一向是不会说什么话,她又去拿桌上的报纸,她寻找笔战继续的论文。我慢慢地看着她,大概她也慢慢地看着我吧!她很漂亮,很素净,脸上不涂粉,头发没有卷起来,只是扎了一条红绸带,这更显得特别风味,又美又净,葡萄灰色的袍子上面,有黄色的花,只是这件袍子我看不很美,但也无损于美。到晚上,这美人似的人就在我们家里吃晚饭。在吃饭以前,汪林也来了!汪林是来约郎华去滑冰,她从小孔窗看了一下:"郎华不在家吗?"她接着"唔"了一声。

"你怎么到这里来?"汪林进来了。

"我怎么就不许到这里来?"

我看得她们这样很熟的样子,更奇怪。我说:"你们怎么也认识呢?"

"我们在舞场里认识的。"汪林走了以后,她告诉我。

从这句话当然也知道程女士也是常常进舞场的人了!汪林是漂亮的小姐,当然程女士也是,所以我就不再留意程女士了。

环境和我不同的人来和我做朋友,我感不到兴味。

郎华肩着冰鞋回来,汪林大概在院中也看到了他,所以也跟进来。这屋子就热闹了!

汪林的胡琴口琴都跑去拿过来。

郎华唱:"杨延辉坐宫院。"

"哈呀呀,怎么唱这个?这是'奴心未死'!"汪林嘲笑他。

在报纸上就是因为旧剧才开笔战。郎华自己明明写着,唱旧戏是奴心未死。

并且汪林耸起肩来笑得背脊靠住暖墙,她带着西洋少妇的风情。程女士很黑,是个黑姑娘。

又过几天,郎华为我借一双滑冰鞋来,我也到冰场上去。程女士常到我们这里来,她是来借冰鞋,有时我们就一起去,同时新人当然一天比一天熟起来。她渐渐对郎华比对我更熟,她给郎华写信了,虽然常见,但是要写信的。

又过些日子,程女士要在我们这里吃面条,我到厨房去调面条。

"……喳……喳……"等我走进屋,他们又在谈别的了!

程女士只吃一小碗面就说:"饱了。"

我看她近些日子更黑一点,好像她的"愁"更多了!她不仅仅是"愁",因为愁并不兴奋,可是程女士有点兴奋。我忙着收拾家具,她走时我没有送她,郎华送她出门。

我听得清楚楚的是在门口:"有信吗?"

或者不是这么说,总之跟着一声"喳喳"之后,郎华很响的:"没有。"

又过了些日子,程女士就不常来了,大概是她怕见我。

程女士要回南方,她到我们这里来辞行,有我做障碍,她没有把要诉说出来的"愁"尽量诉说给郎华。她终于带着"愁"回南方去了。

患　病

我在准备早饭，同时打开了窗子，春朝特有的气息充满了屋子。在大炉台上摆着已经去了皮的地豆，小洋刀在手中仍是不断地转着……浅黄色带着面性似的地豆，个个在炉台上摆好，稀饭在旁边冒着泡，我一面切着地豆，一面想着：江上连一块冰也融尽了吧！公园的榆树怕是发了芽吧！已经三天不到公园去，吃过饭非去看看不可。

"郎华呀！你在外边尽做什么？也来帮我提一桶水去……"

"我不管，你自己去提吧。"他在院子来回走，又是在想什么文章。于是我跑着，为着高兴。把水桶翻得很响，斜着身子从汪家厨房出来，差不多是横走，水桶在腿边左摇荡一下，右摇荡一下……

菜烧好，饭也烧好。吃过饭就要去江边，去公园。春天就要在头上飞，在心上过，然而我不能吃早饭了，肚子偶然疼起来。

我喊郎华进来，他很惊讶！但越痛越不可耐了。

他去请医生，请来一个治喉病的医生。

"你是患着盲肠炎吧？"医生问我。

我疼得那个样子，还晓得什么盲肠炎不盲肠炎的？眼睛发黑了，医生在我的臂上打了止痛药针。

"张医生，车费先请自备吧！过几天和药费一起送去。"郎华对医生说。

一角钱也没有了，我又不能说再请医生，白打了止痛药针，一点痛也不能止。

郎华又跑出去,我不知他跑出去做什么,说不出怀着怎样的心情在等他回来。

一个星期过去,我还不能从床上坐起来。第九天,郎华从外面举着鲜花回来,插在瓶子里,摆在桌上。

"花开了?"

"不但花开,树还绿了呢!"

我听说树绿了!我对于"春"不知怀着多少意义。我想立刻起来去看看,但是什么也不能做,腿软得好像没有腿了,我还站不住。

头痛减轻一些,夜里睡得很熟。有朋友告诉郎华:在什么地方有一个市立的公共医院,为贫民而设,不收药费。

当然我挣扎着也要去的。那天是晴天,换好干净衣服,一步一步走出大门,坐上了人力车,郎华在车旁走,起先他是扶着车走,后来,就走在行人道上。街树不是发着芽的时候,已长好绿叶了!

进了诊闻所,到挂号处挂了名,很长的堂屋,排着长椅子,那里已经开始诊断。穿白衣裳的俄国女人,跑来跑去唤着名字,六七个人一起闯进病室去,过一刻就放出来,第一批人再被呼进去。到这里来的病人,都是穷人,愁眉苦脸的一个,愁眉苦脸的一个。

撑着木棍的跛子,脚上生疮缚着白布的肿脚人,肺痨病的女人,白布包住眼睛的盲人,包住眼睛的盲小孩,头上生疮的小孩。对面坐着老外国女人,闭着眼睛,把头靠住椅子,好似睡着,然而她的嘴不住地收缩,她的包头巾在下巴上慢慢牵动……

小孩治疗室有孩子大大地哭叫。内科治疗室门口。外国女人又闯出来,又叫着外国名字;一会又有中国人从外科治疗室闯出来,又喊着中国名字……拐脚子和胖脸人都一起走进去……

因为我来得最晚。大概最后才能够叫到我,等得背痛,头痛。

"我们回去吧!明天再来。"坐在人力车上,我已无心再看街树,这样去投医，病像不但没有减轻，好像更加重了些。

　　不能不去，因为不要钱。第二次去，也被唤着名字走进妇科治疗室。虽等了两点钟，到底进了妇科治疗室。既然进了治疗室，那该说怎样治疗法。

　　把我引到一个屏风后面，那里摆着一张很宽、很高、很短的台子，台子的两边还立了两支叉形的东西，叫我爬上这台子。当时我可有些害怕了，爬上去做什么呢？莫非要用刀割吗？

　　我坚决地不爬上去。于是那肥胖的外国女人先上去了，没有什么，并不动刀。换着次序我也被治疗了一回，经过这样的治疗，并不用吃药，只在肚子上按了按，或是一面按着，一面问两句。

　　我的俄文又不好，所以医生问的，我并不全懂，马马虎虎地就走出治疗室。医生告诉我，明天再来一次，好把药给我。

　　以后我就没有再去，因为那天我出了诊疗所的时候，我是问过一个重病人的，他哼着，他的家属哭着。我以为病人病到不可治的程度，"他们不给药吃，说药贵，让自己去买，哪里有钱买？"是这样说向我的。

　　去了两天诊疗所，等了几个钟头。怕是再去两天，再去等几个钟头，病人就会自然而然地好起来！可惜我没有那样的忍耐性。

三
忠于自己,要走自己的路

十 三 天

"用不到一个月我们就要走的。你想想吧,去吧!不要闹孩子脾气,三两天我就去看你一次……"郎华说。

为着病,我要到朋友家去休养几天。我本不愿去,那是郎华的意思,非去不可,又因为病像又要重似的,全身失去了力量,骨节酸痛。于是冒着雨,跟着朋友就到朋友家去。

汽车在斜纹的雨中前行。大雨和冒着烟一般。我想:开汽车的人怎能认清路呢!但车行得更快起来。在这样大的雨中,人好像坐在房间里,这是多么有趣!汽车走出市街,接近乡村的时候。立刻有一种感觉,好像赴战场似的英勇。我是有病,我并没喊一声"美景"。汽车颠动着,我按紧着肚子,病会使一切厌烦。

当夜还不到九点钟,我就睡了。原来没有睡,来到乡村,那一种落寞的心情浸透了我。又是雨夜,窗子上淅沥地打着雨点。好像是做梦把我惊醒,全身沁着汗,这一刻又冷起来,从骨节发出一种冷的滋味,发着疟疾似的,一刻热了,又寒了!

要解体的样子,我哭出来吧!没有妈妈哭向谁去?

第二天夜又是这样过的,第三夜又是这样过的。没有哭,不能哭,和一个害着病的猫儿一般,自己的痛苦自己担当着吧!整整是一个星期,都是用被子盖着坐在炕上,或是躺在炕上。

窗外的梨树开花了,看着树上白白的花儿。

到端阳节还有二十天，节前就要走的。

眼望着窗外梨树上的白花落了！有小果子长起来，病也渐好，拿椅子到树下去看看小果子。

第八天郎华才来看我，好像父亲来了似的，好像母亲来了似的，我发羞一般的，没有和他打招呼，只是让他坐在我的近边。我明明知道生病是平常的事，谁能不生病呢？可是总要酸心，眼泪虽然没有落下来，我却耐过一个长时间酸心的滋味。好像谁虐待了我一般。那样风雨的夜，那样忽寒忽热、独自幻想着的夜。

第二次郎华又来看我，我决定要跟他回家。

"你不能回家。回家你就要劳动，你的病非休息不可，还没有两个星期我们就得走。刚好起来再累病了，我可没有办法。"

"回去，我回去……"

"好，你回家吧！没有一点理智的人，不能克服自己的人还有什么办法！你回家好啦！病犯了可不要再问我！"

我又被留下，窗外梨树上的果子渐渐大起来。我又不住地乱想：穷人是没有家的，生了病被赶到朋友家去。

已是十三天了！

最后的一个星期

刚下过雨,我们踏着水淋的街道,在中央大街上徘徊,到江边去呢?还是到哪里去呢?

天空的云还没有散,街头的行人还是那样稀疏,任意走,但是再不能走了。

"郎华,我们应该规定个日子,哪天走呢?"

"现在三号,十三号吧!还有十天,怎么样?"

我突然站住,受惊一般地,哈尔滨要与我们别离了!还有十天,十天以后的日子,我们要过在车上、海上,看不见松花江了,只要"满洲国"存在一天,我们是不能来到这块土地。

李和陈成也来了,好像我们走,是应该走。

"还有七天,走了好啊!"陈成说。

为着我们走,老张请我们吃饭。吃过饭以后,又去逛公园。在公园又吃冰激凌,无论怎样总感到另一种滋味,公园的大树,公园夏日的风、沙土、花草、水池、假山、山顶的凉亭,……这一切和往日两样,我没有像往日那样到公园里乱跑,我是安静静地走,脚下的沙土慢慢地在响。

夜晚屋中又剩了我一个人,郎华的学生跑到窗前。他偷偷观察着我,他在窗前走来走去,假装着闲走来观察我,来观察这屋中的事情,观察不足,于是问了:"我老师上哪里去了?"

"找他做什么?"

"找我老师上课。"

其实那孩子平日就不愿意上课,他觉得老师这屋有个景况:怎么这些日子卖起东西来,旧棉花、破皮褥子……

要搬家吧?那孩子不能确定是怎么回事。他跑回去又把小菊也找出来,那女孩和他一般大,当然也觉得其中有个景况。我把灯闭上了,要收拾的东西,暂时也不收拾了!

躺在床上,摸摸墙壁,又摸摸床边,现在这还是我所接触的,再过七天,这一些都别开了。

小锅,小水壶,终归被旧货商人所提走,在商人手里发着响,闪着光,走出门去!

那是前年冬天,郎华从破烂市买回来的。现在又将回到破烂市去。

卖掉小水壶,我的心情更不能压制住。不是用的自己的腿似的,到木柈房去看看许多木柈还没有烧尽,是卖呢?是送朋友?门后还有个电炉,还有双破鞋。

大炉台上失掉了锅,失掉了壶,不像个厨房样。

一个星期已经过去四天,心情随着时间更烦乱起来。也不能在家烧饭吃,到外面去吃,到朋友家去吃。

看到别人家的小锅,吃饭也不能安定。后来,睡觉也不能安定。

"明早六点钟就起来拉床,要早点起来。"

郎华说这话,觉得走是逼近了!必定得走了。好像郎华如不说,就不走了似的。

夜里想睡也睡不安。太阳还没出来,铁大门就响起来,我怕着,这声音要夺去我的心似的,昏茫地坐起来。郎华就跳下床去,两个人从床上往下拉着被子、褥子。枕头摔在脚上,忙忙乱乱,有人打着门,院子里的狗乱咬着。

马颈的铃铛就响在窗外,这样的早晨已经过去,我们遭了恶祸一般,屋子空空的了。

我把行李铺了铺,就睡在地板上。为了多日的病和不安,身体弱得快要支持不住的样子。郎华跑到江边去洗他的衬衫,他回来看到我还没有起来,他就生气："不管什么时候，总是懒。起来，收拾收拾，该随手拿走的东西，就先把它拿走。"

"有什么收拾的，都已收拾好。我再睡一会，天还早，昨夜我失眠了。"我的腿痛，腰痛，又要犯病的样子。

"要睡，收拾干净再睡，起来！"

铺在地板上的小行李也卷起来了。墙壁从四面直垂下来，棚顶一块块发着微黑的地方，是长时间点蜡烛被烛烟所熏黑的。说话的声音有些轰响。空了！在屋子里边走起来很旷荡……

还吃最后的一次早餐——面包和肠子。

我手提个包袱。郎华说："走吧！"他推开了门。

这正像乍搬到这房子郎华说"进去吧"一样，门开着我出来了，我腿发抖，心往下沉坠，忍不住这从没有落下来的眼泪，是哭的时候了！应该流一流眼泪。

我没有回转一次头走出大门，别了家屋！街车、行人、小店铺、行人道旁的杨树。

转角了！

别了，"商市街"！

小包袱在手上挎着。我们顺了中央大街南去。

小　六

"六啊，六……"

孩子顶着一块大锅盖，蹒蹒跚跚大蜘蛛一样从楼梯爬下来，孩子头上的汗还不等揩抹，妈妈又唤喊了："六啊！……六啊！……"

是小六家搬家的日子。八月天，风静睡着，树梢不动，蓝天好像碧蓝的湖水，一条云彩也未挂到湖上。楼顶闲荡无虑地在晒太阳。楼梯被石墙的阴影遮断了一半，和往日一样，该是预备午饭的时候。

"六啊……六，……小六……"

一切都和昨日一样，一切没有变动，太阳、天空、墙外的树、树下的两只红毛鸡仍在啄食。小六家房盖穿着洞了，有泥块打进水桶，阳光从窗子、门、从打开的房盖一起走进来，阳光逼走了小六家一切盆子、桶子和人。

不到一个月，那家的楼房完全长起，红色瓦片盖住楼顶，有木匠在那里正装窗框。

吃过午饭，泥水匠躺在长板条上睡觉，木匠也和大鱼似的找个荫凉的地方睡。那一些拖长的腿，泥污的手脚，在长板条上可怕的，偶然伸动两下。全个后院，全个午间，让他们的鼾声结着群。

虽然楼顶已盖好瓦片，但在小六娘觉得只要那些人醒来，楼好像又高一点，好像天空又短了一块。那家的楼房玻璃快到窗框上去闪光，烟囱快要冒起烟来了。

同时小六家呢？爹爹提着床板一条一条去卖。并且蟋蟀吟鸣得厉害，墙根草莓棵藏着蟋蟀似的。爹爹回来,他的单衫不像夏夜那样染着汗。娘在有月的夜里,和旷野上老树一般,一张叶子也没有,娘的灵魂里一颗眼泪也没有,娘没有灵魂!

"自来火给我!小六他娘,小六他娘。"

"俺娘哪来的自来火,昨晚不是借的自来火点灯吗?"爹爹骂起来:"懒老婆,要你也过日子,不要你也过日子。"

爹爹没有再骂,假如再骂小六就一定哭起来,她想爹爹又要打娘。

爹爹去卖西瓜,小六也跟着去。后海沿那一些闹嚷嚷的人,推车的,摇船的,肩布袋的……拉车的。爹爹切西瓜,小六拾着从他们嘴上流下来的瓜子。后来爹爹又提着篮子卖油条、包子。娘在墙根砍着树枝。小六到后山去拾落叶。

孩子夜间说的睡话多起来,爹和娘也嚷着:"别挤我呀!往那面一点,我腿疼。"

"六啊!六啊,你爹死到哪个地方去啦?"

女人和患病的猪一般在露天的房子里哼哽地说话。

"快搬,快搬……告诉早搬,你不早搬,你不早搬,打碎你的盆!瞒——谁?"

大块的士敏土翻滚着沉落。那个人嚷一些什么,女人听不清了!女人坐在灰尘中,好像让她坐在着火的烟中,两眼快要流泪,喉头麻辣辣,好像她幼年时候夜里的恶梦,好像她幼年时候爬山滚落了。

"六啊!六啊!"

孩子在她身边站着:"娘,俺在这。"

"六啊!六啊!"

"娘,俺在这。俺不是在这吗?"

那女人,孩子拉到她的手她才看见。若不触到她,她什么也看不到了。

那一些盆子桶子,罗列在门前。她家像是着了火;或是无缘的,想也想不到的闯进一些鬼魔去。

"把六挤掉地下去了。一条被你自己盖着。"

一家三人腰疼腿疼,然而不能吃饱穿暖。

妈妈出去做女仆,小六也去,她是妈妈的小仆人,妈为人家烧饭,小六提着壶去打水。柏油路上飞着雨丝,那是秋雨了。小六戴着爹爹的大毡帽,提着壶在雨中穿过横道。

那夜小六和娘一起哭着回来。爹说:"哭死……死就痛快地死。"

房东又来赶他们搬家。说这间厨房已经租出去了。后院亭子间盖起楼房来了!前院厨房又租出去。蟋蟀夜夜吟鸣,小六全家在蟋蟀吟鸣里向着天外的白月坐着。尤其是娘,她呆人一样,朽木一样。她说:"往哪里搬?我本来打算一个月三元钱能租个板房!……你看……那家辞掉我……"

夜夜那女人不睡觉。肩上披着一张单布坐着。搬到什么地方去!搬到海里去?

搬家把女人逼得疯子似的,眼睛每天红着。她家吵架,全院人都去看热闹。

"我不活……啦……你打死我……打死我……"

小六惶惑着,比妈妈的哭声更大,那孩子跑到同院人家去唤喊:"打俺娘……爹打俺娘……"有时候她竟向大街去喊。同院人来了!但是无法分开,他们像两条狗打仗似的。小六用拳头在爹的背脊上挥两下,但是又停下来哭,那孩子好像有火烧着她一般,暴跳起来。打仗停下了时候,那也正同狗一样,爹爹在墙根这面呼喘,妈妈在墙根那面呼喘。

"你打俺娘,你……你要打死她。俺娘……俺娘……"爹和娘静下来,小六还没有静下来,那孩子仍哭。

有时夜里打起来,床板翻倒,同院别人家的孩子渐渐害怕起来,说小六她娘疯了,有的说她着了妖魔。因为每次打仗都是哭得昏过去停止。

"小六跳海了……小六跳海了……"

院中人都出来看小六。那女人抱着孩子去跳湾(湾即路旁之臭泥沼),而不是去跳海。她向石墙疯狂地跌撞,湿得全身打颤的小六又是哭,女人号嗥到半夜。同院人家的孩子更害怕起来，说是小六也疯了。娘停止号嗥时，才听到蟋蟀在墙根鸣。娘就穿着湿裤子睡。

白月夜夜照在人间，安息了！人人都安息了！可是太阳一出来时，小六家又得搬家。

搬向哪里去呢？说不定娘要跳海，又要把小六先推下海去。

烦　扰　的　一　日

他在祈祷，他好像是向天祈祷。

正是跪在栏杆那儿，冰冷的，石块砌成的人行道。然而他没有鞋子，并且他用裸露的膝头去接触一些个冬天的石块。我还没有走近他，我的心已经为愤恨而烧红，而快要胀裂了！

我咬我的嘴唇，毕竟我是没有押起眼睛来走过他。

他是那样年老而昏聋，眼睛像是已腐烂过。街风是锐利的，他的手已经被吹得和一个死物样。可是风，仍然是锐利的。我走近他，但不能听清他祈祷的文句，只是喃喃着。

一个俄国老妇，她说的不是俄语，大概是犹太人，把一张小票子放到老人的手里，同时他仍然喃喃着，好像是向天祈祷。

我带着我重得和石头似的心走回屋中，把积下的旧报纸取出来，放到老人的面前，为的是他可以卖几个钱，但是当我已经把报纸放好的时候，我心起了一个剧变，我认为我是最庸俗没有的人了！仿佛我是做了一件蠢事般的。于是我摸衣袋，我思考家中存钱的盒子，可是连半角钱的票子都不能够寻思得到。老人是过于笨拙了！怕是他不晓得怎样去卖旧报纸。

我走向邻居家去，她的小孩子在床上玩着，她常常是没有心思向我讲一些话。我坐下来，把我带去的包袱打开，预备裁一件衣服。可是今天雪琦说话了："于妈还不来，那么，我的孩子会使我没有希望。你看我是什么事也没有作，外国语不能读，而且我连读报的趣味都没有呀！"

"我想你还是另寻一个老妈子好啦！"

"我也这样想，不过实际是困难的。"

她从生了孩子以来，那是五个月，她沉下苦恼的陷阱去，唇部不似以前有颜色，脸儿皱绉。

为着我到她家去替她看小孩，她走了，和猫一样蹑手蹑脚地下楼去了。

小孩子自己在床上玩得厌了，几次想要哭闹，我忙着裁旗袍，只是用声音招呼他。

看一下时钟，知道她去了还不到一点钟，可是看小孩子要多么耐性呀！我烦乱着，这仅是一点钟。

妈妈回来了，带进来衣服的冷气，后面跟进来一个瓷人样的，缠着两只小脚，穿着毛边鞋子，她坐在床沿，并且在她进房的时候，她还向我行了一个深深的鞠躬礼，我又看见她戴的是毛边帽子，她坐在床沿。

过了一会，她是欣喜的，有点不像瓷人："我是没有作过老妈子的，我的男人在十八道街开柳条包铺，带开药铺……我实在不能再和他生气，谁都是愿意支使人，还有人愿意给人家支使吗？咱们命不好，那就讲不了！"

像猜谜似的，使人想不出她是什么命运。雪琦她欢喜，她想幸福是近着她了，她在感谢我："玉莹，你看，今天你若不来，我怎能去找这个老妈子来呀！"

那个半老的婆娘仍然讲着："我的男人他打我骂我，以先对我很好，因为他开柳条包铺，要招股东。就是那个入二十元钱顶大的股东，替我造谣，说我娘家有钱，为什么不帮助开柳条铺呢？在这一年中，就连一顿舒服饭也没吃过，我能不伤心吗！我十七岁过门，今年我是二十四岁。他从不和我吵闹过。"

她不是个半老的婆娘，她才二十四岁。说到这样伤心的地方，她没有哭，她晓得做老妈子的身份。可是又想说下去，雪琦眉毛打锁，把小孩子给她："你抱他试试。"

小孩子，不知为什么，但是他哭，也许他不愿看那种可怜的脸相？

雪琦有些不快乐了，只是一刻的工夫，她觉得幸福是远着她了！

过了一会，她又像个瓷人，最像瓷人的部分，就是她的眼睛，眼珠定住。我们一向她看去，她忙着把眼珠活动一下，然而很慢，并且一会又要定住。

"你不要想，将来你会有好的一日……"

"我是同他打架生气的，一生气就和个呆人样，什么也不能做。"那瓷人又忙着补充一句："若不生气，什么病也没有呀！好人一样，好人一样。"

后来她看我缝衣裳，她来帮助我，我不愿她来帮助，但是她要来帮助。

小孩子吃着奶，在妈妈的怀中睡了。孩子怕一切音响，我们的呼吸，为着孩子的睡觉都能听得清。

雪琦更不欢喜了。大概她在害怕着，她在计量着，计量她的计划怎样失败。我窥视出来这个瓷器的老妈，怕一会就要被辞退。

然而她是有希望的，满有希望，她殷勤地在盆中给小孩在洗尿布。

"我是不知当老妈子的规矩的，太太要指教我。"她说完坐在木凳上，又开始变成不动的瓷人。

我烦扰着，街头的老人又回到我的心中；雪琦铅板样的心沉沉地挂在脸上。

"你把脏水倒进水池子去。"她向摆在木凳间的那瓷人说。捧着水盆子，那个妇人紫色毛边鞋子还没有响出门去，雪琦的眼睛和偷人样转过来了："她是不是不行？那么快让她走吧！"

孩子被丢在床上，他哭叫，她到隔壁借三角钱给老妈子的工钱。

那紫色的毛边鞋慢慢移着，她打了盆净水放在盆架间，过来招呼孩子。孩子惧怕这瓷人，他更哭。我缝着衣服，不知怎么一种不安传染了我的心。

忽然老妈子停下来，那是雪琦把三角钱的票子示到面前的时候，她拿到三角钱走了。

她回到妇女们最伤心的家庭去，仍去寻她恶毒的生活。

毛边帽子，毛边鞋子，来了又走了。

雪琦仍然自己抱着孩子。

"你若不来，我怎能去找她来呢！"她埋怨我。

我们深深呼吸了一下，好像刚从暗室走出。屋子渐渐没有阳光了，我回家了，带着我的包袱，包袱中好像裹着一群麻烦的想头——妇女们有可厌的丈夫，可厌的孩子。冬天追赶着叫化子使他绝望。

在家门口，仍是那条栏杆，但是那块石道，老人向天跪着，黄昏了，给他的绝望甚于死。

我经过他，我总不能听清他祈祷的文句，但我知道他祈祷的，不是我给他的那些报纸，也不是半角钱的票子，是要从死的边沿上把他拔回来。

然而让我怎样做呢？他向天跪着，他向天祈祷……

过　夜

　　也许是快近天明了吧！我第一次醒来。街车稀疏地从远处响起，一直到那声音雷鸣一般地震撼着这房子，直到那声音又远得消灭下去，我都听到的。但感到生疏和广大，我就像睡在马路上一样，孤独并且无所凭据。

　　睡在我旁边的是我所不认识的人，那鼾声对于我简直是厌恶和隔膜。对她并不存着一点感激，也像憎恶我所憎恶的人一样憎恶她。虽然在深夜里她给我一个住处，虽然从马路上把我招引到她的家里。

　　那夜寒风逼着我非常严厉，眼泪差不多和哭着一般流下，用手套抹着，揩着，在我敲打姨母家的门的时候，手套几乎是结了冰，在门扇上起着小小的粘结。我一面敲打一面叫着："姨母！姨母……"她家的人完全睡下了，狗在院子里面叫了几声。我只好背转来走去。脚下面感到有针在刺着似的痛楚。我是怎样的去羡慕那些临街的我所经过的楼房，对着每个窗子我起着愤恨。那里面一定是温暖和快乐，并且那里面一定设置着很好的眠床。一想到眠床，我就想到了我家乡那边的马房，挂在马房里面不也很安逸吗！甚至于我想到了狗睡觉的地方，那一定有茅草。坐在茅草上面可以使我的脚温暖。

　　积雪在脚下面呼叫："吱……吱……吱……"我的眼毛感到了纠绞，积雪随着风在我的腿部扫打。当我经过那些平日认为可怜的下等妓馆的门前时，我觉得她们也比我幸福。

　　我快走，慌张地走，我忘记了我背脊怎样地弓起，肩头怎样地耸高。

　　"小姐！坐车吧！"经过繁华一点的街道，洋车夫们向我说着。

都记不得了，那等在路旁的马车的车夫们也许和我开着玩笑。

"喂……喂……冻得活像个他妈的……小鸡样……"

但我只看见马的蹄子在石路上面跺打。

我走上了我熟人的扶梯，我摸索，我寻找电灯，往往一件事情越接近着终点越容易着急和不能忍耐。升到最高级了，几乎从顶上滑了下来。

感到自己的力量完全用尽了！再多走半里路也好像是不可能，并且这种寒冷我再不能忍耐，并且脚冻得麻木了，需要休息下来，无论如何它需要一点暖气，无论如何不应该再让它去接触着霜雪。

去按电铃，电铃不响了，但是门扇欠了一个缝，用手一触时，它自己开了。一点声音也没有，大概人们都睡了。我停在内间的玻璃门外，我招呼那熟人的名字，终没有回答！我还看到墙上那张没有框子的画片。分明房里在开着电灯。再招呼了几声，但是什么也没有……

"喔……"门扇用铁丝绞了起来，街灯就闪耀在窗子的外面。我踏着过道里搬了家余留下来的碎纸的声音，同时在空屋里我听到了自己苍白的叹息。

"浆汁还热吗？"在一排长街转角的地方，那里还张着卖浆汁的白色的布棚。我坐在小凳上，在集合着铜板……

等我第一次醒来时，只感到我的呼吸里面充满着鱼的气味。

"街上吃东西，那是不行的。您吃吃这鱼看吧，这是黄花鱼，用油炸的……"她的颜面和干了的海藻一样打着波纹。

"小金铃子，你个小死鬼，你给我滚出来……快……"我跟着她的声音才发现墙角蹲着个孩子。

"喝浆汁，要喝热的，我也是爱喝浆汁……哼！不然，你就遇不到我了，那是老主顾，我差不多每夜要喝——偏偏金铃子昨晚上不在家，不然的话，每晚都是金铃子去买浆汁。"

"小死金铃子，你失了魂啦！还等我孝敬你吗？还不自己来装饭！"

那孩子好像猫一样来到桌子旁边。

"还见过吗？这丫头十三岁啦，你看这头发吧！活像个多毛兽！"她在那孩子的头上用筷子打了一下，于是又举起她的酒杯来。她的两只袖口都一起往外脱着棉花。

晚饭她也是喝酒，一直喝到坐着就要睡去了的样子。

我整天没有吃东西，昏沉沉和软弱，我的知觉似乎一半存在着，一半失掉。在夜里，我听到了女孩的尖叫。

"怎么，你叫什么？"我问。

"不，妈呀！"她惶惑地哭着。

从打开着的房门，老妇人捧着雪球回来了。

"不，妈呀！"她赤着身子站到角落里去。

她把雪块完全打在孩子的身上。

"睡吧！我让你知道我的厉害！"她一面说着，孩子的腿部就流着水的条纹。

我究竟不知道这是为了什么。

第二天，我要走的时候，她向我说："你有衣裳吗？留给我一件……"

"你说的是什么衣裳？"

"我要去进当铺，我实在没有好当的了！"于是她翻着炕上的旧毯片和流着棉花的被子："金铃子这丫头还不中用……也无怪她，年纪还不到哩！五毛钱谁肯要她呢？要长样没有长样，要人才没有人才！花钱看样子？前些个年头可行，比方我年青的时候，我常跟着我的姨姐到班子里去逛逛，一逛就能落几个……多多少少总能落几个……现在不行了！正经的班子不许你进，土窑子是什么油水也没有，老庄那懂得看样了，花钱让他看样子，他就干了吗？就是凤凰也不行啊！落毛鸡就是不花钱谁又想看呢？"她突然用手指在那孩子的头上点了一下。"摆设，总得像个摆设的样子，看这穿戴……呸呸！"她的嘴和眼睛一致地歪动了一下。"再过两年我就好了。管她长得猫样狗样，可是她倒底是中用了！"

她的颜面和一片干了的海蜇一样。我明白一点她所说的"中用"或"不中用"。

"套鞋可以吧?"我打量了我全身的衣裳,一件棉外衣,一件夹袍,一件单衫,一件短绒衣和绒裤,一双皮鞋,一双单袜。

"不用进当铺,把它卖掉,三块钱买的,五角钱总可以卖出。"

我弯下腰在地上寻找套鞋。

"哪里去了呢?"我开始划着一根火柴,屋子里黑暗下来,好像"夜"又要来临了。

"老鼠会把它拖走的吗?不会的吧?"我好像在反复着我的声音,可是她,一点也不来帮助我,无所感觉的一样。

我去扒着土炕,扒着碎毡片,碎棉花。但套鞋是不见了。

女孩坐在角落里面咳嗽着,那老妇人简直是喑哑了。

"我拿了你的鞋!你以为?那是金铃子干的事……"借着她抽烟时划着火柴的光亮,我看到她打着绉纹的鼻子的两旁挂下两条发亮的东西。

"昨天她把那套鞋就偷着卖了!她交给我钱的时候我才知道。半夜里我为什么打她?就是为着这桩事。我告诉她偷,是到外面去偷。看见过吗?回家来偷。我说我要用雪把她活埋……不中用,男人不能看上她的,看那小毛辫子!活像个猪尾巴!"

她回转身去扯着孩子的头发,好像在扯着什么没有知觉的东西似的。

"老的老,小的小……你看我这年纪,不用说是不中用的啦!"

两天没有见到太阳,在这屋里,我觉得狭窄和阴暗,好像和老鼠住在一起了。假如走出去,外面又是"夜"。但一点也不怕惧,走出去了!

我把单衫从身上褪了下来。我说:"去当,去卖,都是不值钱的。"

这次我是用夏季里穿的通孔的鞋子去接触着雪地。

破 落 之 街

天明了，白白的阳光空空地染了全室。

我们快穿衣服，折好被子，平结他自己的鞋带，我结我的鞋带。他到外面去打脸水，等他回来的时候，我气愤地坐在床沿。他手中的水盆被他忘记了，有水泼到地板。他问我，我气愤着不语，把鞋子给他看。

鞋带是断成三段了，现在又断了一段。他从新解开他的鞋子，我不知他在做什么，我看他向床间寻了寻，他是找剪刀，可是没买剪刀，他失望地用手把鞋带变成两段。

一条鞋带也要分成两段，两个人束着一条鞋带。

他拾起桌上的铜板说："就是这些吗？"

"不，我的衣袋还有哩！"

那仅是半角钱，他皱眉，他不愿意拿这票子。终于下楼了，他说："我们吃什么呢？"

用我的耳朵听他的话，用我的眼睛看我的鞋，一只是白鞋带，另一只是黄鞋带。

秋风是紧了，秋风的凄凉特别在破落之街道上。

苍蝇满集在饭馆的墙壁，一切人忙着吃喝，不闻苍蝇。

"伙计，我来一分钱的辣椒白菜。"

"我来二分钱的豆芽菜。"

别人又喊了，伙计满头是汗。

"我再来一斤饼。"

苍蝇在那里好像是哑静了,我们同别的一些人一样,不讲卫生体面,我觉得女人必须不应该和一些下流人同桌吃饭,然而我是吃了。

走出饭馆门时,我很痛苦,好像快要哭出来,可是我什么人都不能抱怨。平他每次吃完饭都要问我:"吃饱没有?"

我说:"饱了!"其实仍有些不饱。

今天他让我自己上楼:"你进屋去吧!我到外面有点事情。"

好像他不是我的爱人似的,转身下楼离我而去了。

在房间里,阳光不落在墙壁上,那是灰色的四面墙,好像匣子,好像笼子,墙壁在逼着我,使我的思想没有用,使我的力量不能与人接触,不能用于世。

我不愿意我的脑浆翻绞,又睡下,拉我的被子,在床上辗转,仿佛是个病人一样,我的肚子叫响,太阳西沉下去,平没有回来。我只吃过一碗玉米粥,那还是清早。

他回来,只是自己回来,不带馒头或别的充饥的东西回来。

肚子越响了,怕给他听着这肚子的呼唤,我把肚子翻向床,压住这呼唤。

"你肚疼吗?"我说不是,他又问我:"你有病吗?"

我仍说不是。

"天快黑了,那么我们去吃饭吧!"

他是借到钱了吗?

"五角钱哩!"

泥泞的街道,沿路的屋顶和蜂巢样密挤着,平房屋顶,又生出一层平屋来。那是用板钉成的,看起像是楼房,也闭着窗子,歇着门。可是生在楼房里的不像人,是些猪猡,是污浊的群。我们往来都看见这样的景致。现在街道是泥泞了,肚子是叫唤了!一心要奔到苍蝇堆里,要吃馒头。桌子的对边那个老头,他唠叨起来了,大概他是个油匠,胡子染着白色,不管衣襟或袖口,都有斑点花色的颜料,他用有颜料的手吃东西。并没能发现他是不讲卫生,因为我们是一道生活。

他嚷了起来,他看一看没有人理他,他升上木凳好像老旗杆样,人们举目看他。终归他不是造反的领袖,那是私事,他的粥碗里面睡着个苍蝇。

大家都笑了,笑他一定在发神经病。

"我是老头子了,你们拿苍蝇喂我!"他一面说,有点伤心。

一直到掌柜的呼唤伙计再给他换一碗粥来,他才从木凳降落下来。但他寂寞着,他的头摇曳着。

这破落之街我们一年没有到过了,我们的生活技术比他们高,和他们不同,我们是从水泥中向外爬。可是他们永远留在那里,那里淹没着他们的一生,也淹没着他们的子子孙孙,但是这要淹没到什么时代呢?

我们也是一条狗,和别的狗一样没有心肝。我们从水泥中自己向外爬,忘记别人,忘记别人。

三 个 无 聊 人

一个大胖胖，戴着圆眼镜。另一个很高，肩头很狭。第三个弹着小四弦琴，同时读着李后主的词："四十年来家国，三千里地山河……"读到一句的末尾，琴弦没有节调的，重复地响了一下，这样就算他把词句配上了音乐。

"嘘！"胖子把被角揿了一下，接着唱道："杨延辉，坐宫院……"他的嗓子像破了似的。

第三个也在作声："小品文和漫画哪里去了？"总是这人比其他两个好，他愿意读杂志和其他刊物。

"唉！无聊！"每次当他读完一本的时候，他就用力向桌面摔去。

晚间，狭肩头的人去读"世界语"了。临出门时，他的眼光很足，向着他的两个同伴说："你们这是干什么！没有纪律，一天哭哭叫叫的。"

"唉！无聊！"当他回来的时候，眼睛也无光了。

照例是这样，临出门时是兴奋的，回来时他就无聊了，和他的两个同伴同样没有纪律。从学"世界语"起，这狭肩头的差不多每天念起"爱丝迫乱多"，后来他渐渐骂起"爱丝迫乱多"来，这可不知因为什么？

他们住得很好，铁丝颤条床，淡蓝色的墙壁涂着金花，两只四十烛光灯泡，窗外有法国梧桐，楼下是外国菜馆，并且铁盒子里不断地放着饼干，还有罐头鱼。

"唉！真无聊！"高个狭肩头的说。

于是胖同伴提议去到法国公园，园中有流汗的园丁；园门口有流汗的洋车夫；巧得很，一个没有手脚的乞丐，滚叫在公园的道旁被他们遇见。

"老黑，你还没有起来吗？真够享福了。"狭着肩头的人从公园回来，要把他的第三个同伴拖下来；"真够受的，你还在梦中……"

"不要闹，不要闹，我还困呢！"

"起来吧！去看看那滚号在公园门前的人，你就不困啦！"

那睡在床上的，没有相信他的话，并没起来。

狭肩头的，愤愤懑懑地，整整一个早晨，他没说无聊，这是他看了一个无手无足的乞丐的结果。也许他看到这无手无足的东西就有聊了！

十二点钟要去午餐，这愤愤的人没有去。

"太浪费了，吃些面包不能过吗？"他又出去买沙丁鱼。

等晚上有朋友来，他就告诉他无钱的朋友："你们真是不会俭省，买面包吃多么好！"

他的朋友吃了两天面包，把胃口吃得很酸。

狭肩头人又无聊了，因为他好几天没有看到无手无足的人，或是什么特别惨状的人。

他常常街上去走，只要看到卖桃的小孩在街上被巡捕打翻了筐子，他也够有聊几个钟头。慢慢他这个无聊的病非到街头去治不可，后来这卖桃的小孩一类一事竟治不了他。

那么就必须看报了，报纸上说：烟台煤矿又烧死多少，或是压死多少人。

"啊呀！真不得了，这真是惨目。"这样大事能他三两天反复着说，他的无聊，像一种病症似的，又被这大事治住个三两天。他不无聊很有聊的样子读小说，读杂志。

"四十年来家国，三千里地山河……"老黑无聊的时候就唱这调子，他不愿意看什么惨事，他也不愿意听什么伟大的话，他每天不用理智，就用感情来生活着，好像个真诗人似的。四弦琴在他的手下，不成调地嗒啦啦嗒啦啦啦……"嗒啦，嗒啦，啦嗒嗒……"胖同伴的木鞋在地板上打拍，手臂在飞着……

"你们这是干什么？"读杂志的人说。

"我们这是在无聊！"三个无聊人听到这话都笑了。

胖同伴，有书也读书，有理论也读理论，有琴也弹琴，有人弹琴他就唱。但这在他都是无聊的事情，对于他实实在在有趣的，是"先施公司"："那些女人真可怜，有的连血色都没有了，可是还站在那里拉客……"他常常带着钱去可怜那些女人。

"最非人生活的就是这些女人，可是没有人知道更详细些。"他这态度是个学者的态度。说着他就搭电车，带着钱，热诚地去到那些女人身上去研究"社会科学"去了。

剩下两个无聊，一个在看报，一个去到公园，拿着琴。去到公园的不知怎样，最大限度也不过"四十年来家国，三千里地山河……"

但是在看报的却发足火来，无论怎样看，报上也不过载着煤矿啦，或者是什么大河大川暴涨淹死多少人，电车轧死小孩，受经济压迫投黄浦自杀一类。

无聊！无聊！

人间慢慢治不了他这个病了。

可惜没有比煤矿更惨的事。

家 族 以 外 的 人

我蹲在树上,渐渐有点害怕,太阳也落下去了;树叶的声响也唰唰地了;墙外街道上走着的行人也都和影子似的黑丛丛的;院里房屋的门窗变成黑洞了,并且野猫在我旁边的墙头上跑着叫着。

我从树上溜下来,虽然后门是开着的,但我不敢进去,我要看看母亲睡了还是没有睡?还没经过她的窗口,我就听到了席子的声音:"小死鬼……你还敢回来!"

我折回去,就顺着厢房的墙根又溜走了。

在院心空场上的草丛里边站了一些时候,连自己也没有注意到我是折碎了一些草叶咬在嘴里。白天那些所熟识的虫子,也都停止了鸣叫,在夜里叫的是另外一些虫子,他们的声音沉静、清脆而悠长。那埋着我的高草,和我的头顶一平,它们平滑,它们在我的耳边唱着那么微细的小歌,使我不能相信倒是听到还是没有听到。

"去吧……去……跳跳攒攒的……谁喜欢你……"

有二伯回来了,那喊狗的声音一直继续到厢房的那面。

我听到有二伯那拍响着的失掉了后跟的鞋子的声音,又听到厢房门扇的响声。

"妈睡了没睡呢?"我推着草叶,走出了草丛。

有二伯住着的厢房,纸窗好像闪着火光似的明亮。我推开门,就站在门口。

"还没睡?"

我说:"没睡。"

他在灶口烧着火,火叉的尖端插着玉米。

"你还没有吃饭?"我问他。

"吃什……么……饭?谁给留饭!"

我说:"我也没吃呢!"

"不吃,怎么不吃?你是家里人哪……"他的脖子比平日喝过酒之后更红,并且那脉管和那正在烧着的小树枝差不多。

"去吧……睡睡……觉去吧!"好像不是对我说似的。

"我也没吃饭呢!"我看着已经开始发黄的玉米。

"不吃饭,干什么来的……"

"我妈打我……"

"打你!为什么打你?"

孩子的心上所感到的温暖是和大人不同的,我要哭了,我看着他嘴角上流下来的笑痕。只有他才是偏着我这方面的人,他比妈妈还好。立刻我后悔起来,我觉得我的手在他身旁抓起一些柴草来,抓得很紧,并且许多时候没有把手松开,我的眼睛不敢再看到他的脸上去,只看到他腰带的地方和那脚边的火堆。我想说:"二伯……再下雨时我不说你'下雨冒泡,王八戴草帽'啦……"

"你妈打你……我看该打……"

"怎么……"我说:"你看……她不让我吃饭!"

"不让你吃饭……你这孩子也太好去啦……"

"你看,我在树上蹲着,她拿火叉子往下叉我……你看……把胳臂都给叉破皮啦……"我把手里的柴草放下,一只手卷着袖子给他看。

"叉破皮……为啥叉的呢……还有个缘由没有呢?"

"因为拿了馒头。"

"还说呢……有出息!我没见过七八岁的姑娘还偷东西……还从家里偷

东西往外边送！"他把玉米从叉子上拔下来了。

火堆仍没有灭，他的胡子在玉米上，我看得很清楚是扫来扫去的。

"就拿三个……没多拿……"

"嗯！"把眼睛斜着看我一下，想要说什么但又没有说。只是胡子在玉米上像小刷子似的来往着。

"我也没吃饭呢！"我咬着指甲。

"不吃……你愿意不吃……你是家里人！"好像抛给狗吃的东西一样，他把半段玉米打在我的脚上。

有一天，我看到母亲的头发在枕头上已经蓬乱起来，我知道她是睡熟了，我就从木格子下面提着鸡蛋筐子跑了。

那些邻居家的孩子就等在后院的空磨房里边。我顺着墙根走了回来的时候，安全，毫没有意外，我轻轻地招呼他们一声，他们就从窗口把篮子提了进去，其中有一个比我们大一些的，叫他小哥哥的，他一见鸡蛋就抬一抬肩膀，伸一下舌头。小哑巴姑娘，她还为了特殊的得意啊啊了两声。

"嗳！小点声……花姐她妈剥她的皮呀……"

把窗子关了，就在碾盘上开始烧起火来，树枝和干草的烟围蒸腾了起来；老鼠在碾盘底下跑来跑去；风车站在墙角的地方，那大轮子上边盖着蛛网，罗柜旁边余留下来的谷类的粉末，那上面挂着许多种类虫子的皮壳。

"咱们来分分吧……一人几个，自家烧自家的。"

火苗旺盛起来了，伙伴们的脸孔，完全照红了。

"烧吧！放上去吧……一人三个……"

"可是多一个给谁呢？"

"给哑巴吧！"

她接过去，啊啊的。

"小点声，别吵！别把到肚的东西吵靡啦。"

"多吃一个鸡蛋……下回别用手指画着骂人啦！啊！哑巴？"

蛋皮开始发黄的时候，我们为着这心上的满足，几乎要冒险叫喊了。

"唉呀！快要吃啦！"

"预备着吧，说熟就快的……"

"我的鸡蛋比你们的全大……像个大鸭蛋……"

"别叫……别叫。花姐她妈这半天一定睡醒啦……"

窗外有哽哽的声音，我们知道是大白狗在扒着墙皮的泥土。但同时似乎听到了母亲的声音。

母亲终于在叫我了！鸡蛋开始爆裂的时候，母亲的喊声也在尖利地刺着纸窗了。

等她停止了喊声，我才慢慢从窗子跳出去，我走得很慢，好像没有睡醒的样子，等我站到她面前的那一刻，无论如何再也压制不住那种心跳。

"妈！叫我干什么？"我一定惨白了脸。

"等一会……"她回身去找什么东西的样子。

我想她一定去拿什么东西来打我，我想要逃，但我又强制着忍耐了一刻。

"去把这孩子也带去玩……"把小妹妹放在我的怀中。

我几乎要抱不动她了，我流了汗。

"去吧！还站在这干什么……"其实磨房的声音，一点也传不到母亲这里来，她到镜子前面去梳她的头发。

我绕了一个圈子，在磨房的前面，那锁着的门边告诉了他们："没有事……不要紧……妈什么也不知道。"

我离开那门前，走了几步，就有一种异样的香味扑了来，并且飘满了院子。等我把小妹妹放在炕上，这种气味就满屋都是了。

"这是谁家炒鸡蛋，炒得这样香……"母亲很高的鼻子在镜子里使我有点害怕。

"不是炒鸡蛋……明明是烧的，哈！这蛋皮味，谁家……呆老婆烧鸡蛋……五里香。"

"许是吴大婶她们家？"我说这话的时候，隔着菜园子看到磨房的窗口冒着烟。

等我跑回了磨房,火完全灭了。我站在他们当中,他们几乎是摸着我的头发。

"我妈说谁家烧鸡蛋呢?谁家烧鸡蛋呢?我就告诉她,许是吴大婶她们家。哈!这是吴大婶?这是一群小鬼……"

我们就开朗地笑着。站在碾盘上往下跳着,甚至于多事起来,他们就在磨房里捉耗子。因为我告诉他们,我妈抱着小妹妹出去串门去了。

"什么人啊!"我们知道是有二伯在敲着窗棂。

"要进来,你就爬上来!还招呼什么?"我们之中有人回答他。

起初,他什么也没有看到,他站在窗口,摆着手。后来他说:"看吧!"他把鼻子用力抽了两下:"一定有点故事……哪来的这种气味?"

他开始爬到窗台上面来,他那短小健康的身子从窗台跳进来时,好像一张磨盘滚了下来似的,土地发着响。他围着磨盘走了两圈。他上唇的红色的小胡为着鼻子时时抽动的缘故,像是一条秋天里的毛虫在他的唇上不住地滚动。

"你们烧火吗?看这碾盘上的灰……花子……这又是你领头!我要不告诉你妈的……整天家领一群野孩子来作祸……"他要爬上窗口去了,可是他看到了那只筐子:"这是什么人提出来的呢?这不是咱家装鸡蛋的吗?花子……你不定又偷了什么东西……你妈没看见!"

他提着筐子走的时候,我们还嘲笑着他的草帽。"像个小瓦盆……像个小水桶……"

但夜里,我是挨打了。我伏在窗台上用舌尖舐着自己的眼泪。

"有二伯……有老虎……什么东西……坏老头子……"我一边哭着一边咒诅着他。

但过不多久,我又把他忘记了,我和许多孩子们一道去抽开了他的腰带,或是用杆子从后面掀掉了他的没有边沿的草帽。我们嘲笑他和嘲笑院心的大白狗一样。

秋末，我们寂寞了一个长久的时间。

那些空房子里充满了冷风和黑暗；长在空场上的高草，干败了而倒了下来；房后菜园上的各种秧棵完全挂满了白霜；老榆树在墙根边仍旧随风摇摆它那还没有落完的叶子；天空是发灰色的，云彩也失去了形状，有时带来了雨点，有时又带来了细雪。

我为着一种疲倦，也为着一点新的发现，我登着箱子和柜子，爬上了装旧东西的屋子的棚顶。

那上面，黑暗，有一种完全不可知的感觉，我摸到了一个小木箱，来捧着它，来到棚顶洞口的地方，借着洞口的光亮，看到木箱是锁着一个发光的小铁锁，我把它在耳边摇了摇，又用手掌拍一拍……那里面冬郎冬郎地响着。

我很失望，因为我打不开这箱子，我又把它送了回去。于是我又往更深和更黑的角落处去探爬。因为我不能站起来走，这黑洞洞的地方一点也不规则，走在上面时时有跌倒的可能。所以在爬着的当儿，手指所触到的东西，可以随时把它们摸一摸。当我摸到了一个小琉璃罐，我又回到了亮光的地方……我该多么高兴，那里面完全是黑枣，我一点也没有再迟疑，就抱着这宝物下来了，脚尖刚接触到那箱子的盖顶，我又和小蛇一样把自己落下去的身子缩了回来，我又在棚顶蹲了好些时候。

我看着有二伯打开了就是我上来的时候登着的那个箱子。我看着他开了很多时候，他用牙齿咬着他手里的那块小东西……他歪着头，咬得咯啦啦地发响，咬了之后又放在手里扭着它，而后又把它触到箱子上去试一试。最后一次那箱子上的铜锁发着弹响的时候，我才知道他扭着的是一断铁丝。

他把帽子脱下来，把那块盘卷的小东西就压在帽顶里面。

他把箱子翻了好几次：红色的椅垫子，蓝色粗布的绣花围裙……女人的绣花鞋子……还有一团滚乱的花色的线，在箱子底上还躺着一只湛黄的铜酒壶。

后来他伸出那布满了筋络的两臂，震撼着那箱子。

我想他可不是把这箱子搬开!搬开我可怎么下去?

他抱起好几次,又放下好几次,我几乎要招呼住他。

等一会,他从身上解下腰带来了,他弯下腰去,把腰带横在地上,一张一张地把椅垫子堆起来,压到腰带上去,而后打着结,椅垫子被束起来了。他喘着呼喊,试着去提一提。

他怎么还不快点出去呢?我想到了哑巴,也想到了别人,好像他们就在我的眼前吃着这东西似的使我得意。

"啊哈……这些……这些都是油乌乌的黑枣……"

我要向他们说的话都已想好了。

同时这些枣在我的眼睛里闪光,并且很滑,又好像已经在我的喉咙里上下地跳着。

他并没有把箱子搬开,他是开始锁着它。他把铜酒壶立在箱子的盖上,而后他出去了。

我把身子用力去拖长,使两个脚掌完全牢牢实实地踏到了箱子,因为过于用力抱着那琉璃罐,胸脯感到了发疼。

有二伯又走来了,他先提起门旁的椅垫子,而后又来拿箱盖上的铜酒壶,等他把铜酒壶压在肚子上面,他才看到墙角站着的是我。

他立刻就笑了,我还从来没有看到过他笑得这样过分,把牙齿完全露在外面,嘴唇像是缺少了一个边。

"你不说么?"他的头顶站着无数很大的汗珠。

"说什么……"

"不说,好孩子……"他拍着我的头顶。

"那么,你让我把这个琉璃罐拿出去?"

"拿吧!"

他一点也没有看到我,我另外又在门旁的筐子里抓了五个馒头跑,等母亲说丢了东西的那天我也站到她的旁边去。

我说:"那我也不知道。"

"这可怪啦……明明是锁着……可哪儿来的钥匙呢?"母亲的尖尖的下颚是向着家里的别的人说的。后来那歪脖的年轻的厨夫也说:'哼!这是谁呢?"

我又说:"那我也不知道。"

可是我脑子上走着的,是有二伯怎样用腰带捆了那些椅垫子,怎样把铜酒壶压在肚子上,并且那酒壶就贴着肉的。并且有二伯好像在我的身体里边咬着那铁丝咖郎郎地响着似的。我的耳朵一阵阵地发烧,我把眼睛闭了一会。可是一睁开眼睛,我就向着那敞开的箱子又说:"那我也不知道。"

后来我竟说出了:"那我可没看见。"

等母亲找来一条铁丝,试着怎样可以做成钥匙,她扭了一些时候,那铁丝并没有扭弯。

"不对的……要用牙咬,就这样……一咬……再一扭……再一咬……"很危险,舌头若一滑转的时候,就要说了出来。

我看见我的手已经在做着式子。

我开始把嘴唇咬得很紧,把手臂放在背后在看着他们。

"这可怪啦……这东西,又不是小东西……怎么能从院子走得出?除非是晚上……可是晚上就是来贼也偷不出去的……母亲很尖的下颚使我害怕,她说的时候,用手推了推旁边的那张窗子:"是啊!这东西是从前门走的,你们看……这窗子一夏就没有打开过……你们看……这还是去年秋天糊的窗缝子。"

"别绊脚!过去……"她用手推着我。

她又把这屋子的四边都看了看。

"不信……这东西去路也没有几条……我也能摸到一点边……不信……看着吧……这也不行啦。春天丢了一个铜火锅……说是放忘了地方啦……说是慢慢找,又是……也许借出去啦!那有那么一回事……早还了输赢账啦……当他家里人看待……还说不拿他当家里人看待,好哇……慢慢把房梁也拆走啦……""

"啊……啊！"那厨夫抓住了自己的围裙，擦着嘴角。那歪了的脖子和一根蜡签似的，好像就要折断下来。

母亲和别人完全走完了时，他还站在那个地方。

晚饭的桌上，厨夫向着有二伯："都说你不吃羊肉，那么羊肠你吃不吃呢？"

"羊肠也是不能吃。"他看着他自己的饭碗说。

"我说，有二爷，这炒辣椒里边，可就有一段羊肠，我可告诉你！"

"怎么早不说，这……这……这……"他把筷子放下来，他运动着又要红起来的脖颈，把头掉转过去，转得很慢，看起来就和用手去转动一只瓦盆那样迟滞。

"有二是个粗人，一辈子……什么都吃……就……是……不吃……这……羊……身上……的……不戴……羊……皮帽……子……不穿……羊……皮……衣裳……"他一个字一个字平板地说下去：

"下回……他说……杨安……你炒什么……不管菜汤里头……若有那羊身上的呀……先告诉我一声……有二不是那嘴馋的人！吃不吃不要紧……就是吃口咸菜……我也不吃那……羊……身……上……的……"

"可是有二爷，我问你一件事……你喝酒用什么酒壶喝呢？非用铜酒壶不可？"杨厨子的下巴举得很高。

"什么酒壶……还不一样……"他又放下了筷子，把旁边的锡酒壶格格地蹾了两下："这不是吗？……锡酒壶……喝的是酒……酒好……就不在壶上……哼！也不……年轻的时候，就总爱……这个……锡酒壶……把它擦得闪光湛亮……"

"我说有二爷……铜酒壶好不好呢？"

"怎么不好……一擦比什么都亮堂……"

"对了，还是铜酒壶好喔……哈……哈哈……"厨子笑了起来。他笑得在给我装饭的时候，几乎是抢掉了我的饭碗。

母亲把下唇拉长着，她的舌头往外边吹一点风，有几颗饭粒落在我的手上。

"哼！杨安……你笑我……不吃……羊肉，那真是吃不得：比方，我三个月就……没有了娘……羊奶把我长大的……若不是……还活了六十多岁……"

杨安拍着膝盖："你真算是个有良心的人，为人没做过昧良心的事？是不是？我说，有二爷……"

"你们年轻人，不信这话……这都不好……人要知道自家的来路……不好反回头去倒咬一口……人要知恩报恩……说书讲古上都说……比方羊……就是我的娘……不是……不是……我可活六十多岁？"他挺直了背脊，把那盘羊肠炒辣椒甩筷子推开了一点。

吃完了饭，他退了出去，手里拿着那没有边沿的草帽。沿着砖路，他走下去了，那泥污的，好像两块朽木头似的……他的脚后跟随着那挂在脚尖上的鞋片在砖路上拖拖着，而那头顶就完全像个小锅似的冒着气。

母亲跟那厨夫在起着高笑。

"铜酒壶……啊哈……还有椅垫子呢……问问他……他知道不知道？"杨厨夫，他的脖子上的那块疤痕，我看也大了一些。

我有点害怕母亲，她的完全露着骨节的手指，把一条很肥的鸡腿，送到嘴上去，撕着，并且还露着牙齿。

又是一回母亲打我，我又跑到树上去，因为树枝完全没有了叶子，母亲向我飞来的小石子差不多每颗都像小钻子似的刺痛着我的全身。

"你再往上爬……再往上爬……拿杆子把你绞下来。"

母亲说着的时候，我觉得抱在胸前的那树干有些颤了，因为我已经爬到了顶梢，差不多就要爬到枝子上去了。

"你这小贴树皮，你这小妖精……我可真就算治不了你……"她就在树下徘徊着……许多工夫没有向我打着石子。

许多天，我没有上树，这感觉很新奇，我向四面望着，觉得只有我才比一切高了一点，街道上走着的人、车、附近的房子，都在我的下面，就连后街上卖豆芽菜的那家的幌杆，我也和它一般高了。

"小死鬼……你滚下来不滚下来呀……"母亲说着"小死鬼"的时候，就好像叫着我的名字那般平常。

"啊！怎样的？"只要她没有牢牢实实地抓到我，我总不十分怕她。

她一没有留心，我就从树干跑到墙头上去："啊哈……看我站在什么地方？"

"好孩子啊……要站到老爷庙的旗杆上去啦……"回答着我的，不是母亲，是站在墙外的一个人。

"快下来……墙头不都是踏堆了吗？我去叫你妈来打你。"

是有二伯。

"我下不来啦，你看，这不是吗？我妈在树根下等着我……"

"等你干什么？"他从墙下的板门走了进来。

"等着打我！"

"为啥打你？"

"尿了裤子。"

"还说呢……还有脸？七八岁的姑娘……尿裤子……滚下来！墙头踏坏啦！"他好像一只猪在叫唤着。

"把她抓下来……今天我让她认识认识我！"

母亲说着的时候，有二伯就开始卷着裤脚。

我想这是做什么呢？

"好！小花子，你看着……这还无法无天啦呢……你可等着……"

等我看见他真的爬上了那最低级的树叉，我开始要流出眼泪来，喉管感到特别发胀。

"我要……我要说……我要说……"

母亲好像没有听懂我的话，可是有二伯没有再进一步，他就蹲在那很粗的树叉上："下来……好孩子……不碍事的，你妈打不着你，快下来，明天吃完早饭二伯领你上公园……省得在家里她们打你……"

他抱着我,从墙头上把我抱到树上,又从树上把我抱下来。

我一边抹着眼泪一边听着他说:"好孩子……明天咱们上公园。"

第二天早晨,我就等在大门洞里边,可是等到他走过我的时候,他也并不向我说一声:"走吧!"我从身后赶了上去,我拉住他的腰带:"你不说今天领我上公园吗?"

"上什么公园……去玩去吧!去吧……"只看着前面的道路,他并不看着我。昨天说的话好像不是他。

后来我就挂在他的腰带上,他摇着身子,他好像摆着贴在他身上的虫子似的摆脱着我。

"那我要说,我说铜酒壶……"

他向四边看了看,好像是叹着气:"走吧?绊脚星……"

一路上他也不看我,不管我怎样看中了那商店窗子里摆着的小橡皮人,我也不能多看一会,因为一转眼……他就走远了。等走在公园门外的板桥上,我就跑在他的前面。

"到了!到了啊……"我张开了两只胳臂,几乎自己要飞起来那么轻快。

没有叶子的树,公园里面的凉亭,都在我的前面招呼着我。一步进公园去,那跑马戏的锣鼓的声音,就震着我的耳朵,几乎把耳朵震聋了的样子,我有点不辨方向了。我拉着有二伯烟荷包上的小圆葫芦向前走。经过白色布棚的时候,我听到里面喊着:"怕不怕?"

"不怕。"

"敢不敢?"

"敢哪……"

不知道有二伯要走到什么地方去?

棚棚戏,西洋景……耍猴的……耍熊瞎子的……唱木偶戏的。这一些我们都走过来了,再往那边去,就什么也看不见了。并且地上的落叶也厚了起来。树叶子完全盖着我们在走着的路径。

114

"二伯！我们不看跑马戏的？"

我把烟荷包上的小圆葫芦放开，我和他距离开一点，我看着他的脸色："那里头有老虎……老虎我看过。我还没有看过大象。人家说这伙马戏班子是有三匹象：一匹大的两匹小的，大的……大的……人家说，那鼻子，就只一根鼻子比咱家烧火的叉子还长……"

他的脸色完全没有变动。我从他的左边跑到他的右边。又从右边跑到左边："是不是呢？有二伯，你说是不是……你也没看见过？"

因为我是倒退着走，被一条露在地面上的树根绊倒了。

"好好走！"他也并没有拉我。

我自己起来了。

公园的末角上，有一座茶亭，我想他到这个地方来，他是渴了！但他没有走进茶亭去，在茶亭后边，有和房子差不多、是席子搭起来的小房。

他把我领进去了，那里边黑洞洞的，最里边站着一个人，比画着，还打着什么竹板。

有二伯一进门，就靠边坐在长板凳上，我就站在他的膝盖前，我的腿站得麻木了的时候，我也不能懂得那人是在干什么？他还和姑娘似的带着一条辫子，他把腿伸开了一只，像打拳的样子，又缩了回来，又把一只手往外推着……就这样走了一圈，接着又"叭"打了一下竹板。唱戏不像唱戏，耍猴不像耍猴，好像卖膏药的，可是我也看不见有人买膏药。

后来我就不向前边看，而向四面看，一个小孩也没有。前面的板凳一空下来，有二伯就带着我升到前面去，我也坐下来，但我坐不住，我总想看那大象。

"二伯，咱们看大象去吧，不看这个。"

他说："别闹，别闹，好好听……"

"听什么，那是什么？"

"他说的是关公斩蔡阳……"

"什么关公哇？"

"关老爷,你没去过关老爷庙吗?"

我想起来了,关老爷庙里,关老爷骑着红色的马。

"对吧!关老爷骑着红色……"

"你听着……"他把我的话截断了。

我听了一会还是不懂,于是我转过身来,面向后坐着,还有一个瞎子,他的每一个眼球上盖着一个白泡。还有一个一条腿的人,手里还拿着木杖。坐在我旁边的人,那人的手包了起来,用一条布带挂到脖子上去。

等我听到"叭叭叭"地响了一阵竹板之后,有二伯还流了几颗眼泪。

我是一定要看大象的,回来的时候再经过白布棚我就站着不动了。

"要看,吃完晌饭再来看……"有二伯离开我慢慢地走着:"回去,回去吃完晌饭再来看。"

"不吗!饭我不吃,我不饿,看了再回去。"我拉住他的烟荷包。

"人家不让进,要买'票'的,你没看见……那不是把门的人吗?"

"那咱们也不好买'票'!"

"哪来的钱……买'票'两个人要好几十吊钱。"

"我看见啦,你有钱,刚才在那棚子里你不是还给那个人钱来吗?"我贴到他的身上去。

"那才给几个铜钱!多啦没有,你二伯多啦没有。"

"我不信,我看有一大堆!"我跷着脚尖!掀开了他的衣襟,把手探进他的衣兜里去。

"是吧!多啦没有吧!你二伯多啦没有,没有进财的道……也就是个月七成的看个小牌,赢两吊……可是输的时候也不少。哼哼。"他看着拿在我手里的五六个铜元。

"信了吧!孩子,你二伯多啦没有……不能有……"一边走下了木桥,他一边说着。

那马戏班子的喊声还是那么热烈地在我们的背后反复着。

有二伯在木桥下那围着一群孩子,抽签子的地方也替我抛上两个铜元去。

我一伸手就在铁丝上拉下一张纸条来,纸条在水碗里面立刻变出一个通红的"五"字。

"是个几?"

"那不明明是个五吗?"我用肘部击撞着他。

"我哪认得呀!你二伯一个字也不识,一天书也没念过。"

回来的路上,我就不断地吃着这五个糖球。

第二次,我看到有二伯偷东西,好像是第二年的夏天,因为那马蛇菜的花,开得过于鲜红,院心空场上的蒿草,长得比我的年龄还快,它超过我了,那草场上的蜂子、蜻蜓,还更来了一些不知名的小虫,也来了一些特殊的草种,它们还会开着花,淡紫色的,一串一串的,站在草场中,它们还特别的高,所以那花穗和小旗子一样动荡在草场上。

吃完了午饭,我是什么也不做,专等着小朋友们来,可是他们一个也不来。于是我就跑到粮食房子去,因为母亲在清早端了一个方盘走进去过。我想那方盘中……哼……一定是有点什么东西?

母亲把方盘藏得很巧妙,也不把它放在米柜上,也不放在粮食仓子上,她把它用绳子吊在房梁上了。我正在看着那奇怪的方盘的时候,我听到板仓里好像有耗子,也或者墙里面有耗子……总之,我是听到了一点响动……过了一会竟有了喘气的声音,我想不会是黄鼠狼子?我有点害怕,就故意用手拍着板仓,拍了两下,听听就什么也没有了……可是很快又有什么东西在喘气……咝咝的……好像肺管里面起着泡沫。

这次我有点暴躁:"去!什么东西……"

有二伯的胸部和他红色的脖子从板仓伸出来一段……当时,我疑心我也许是在看着木偶戏!但那顶窗透进来的太阳证明给我,被那金红色液体的东西染着的,正是有二伯尖长的突出的鼻子……他的胸膛在白色的单衫下面不能够再压制得住,好像小波浪似的在雨点里面任意地跳着。

他一点声音也没有做,只是站着,站着……他完全和一只受惊的公羊那般愚傻!

我和小朋友们，捉着甲虫，捕着蜻蜓，我们做这种事情，永不会厌倦。野草、野花、野的虫子，它们完全经营在我们的手里，从早晨到黄昏。

假若是个晴好的夜，我就单独留在草丛里边，那里有闪光的甲虫，有虫子低微的吟鸣，有高草摇着的夜影。

有时我竟压倒了高草，躺在上面，我爱那天空，我爱那星子……听人说过的海洋，我想也就和这天空差不多了。

晚饭的时候，我抱着一些装满了虫子的盒子，从草丛回来，经过粮食房子的旁边，使我惊奇的是有二伯还站在那里，破了的窗洞口露着他发青的嘴角和灰白的眼圈。

"院子里没有人吗？"好像是生病的人喑哑的喉咙。

"有！我妈在台阶上抽烟。"

"去吧！"

他完全没有笑容，他苍白，那头发好像墙头上跑着的野猫的毛皮。

饭桌上，有二伯的位置，那木凳上蹲着一匹小花狗。它戏耍着的时候，那卷尾巴和那铜铃完全引人可爱。

母亲投了一块肉给它。歪脖的厨子从汤锅里取出一块很大的骨头来……花狗跳到地上去，追了那骨头发了狂，那铜铃暴躁起来……

小妹妹笑得用筷子打着碗边，厨夫拉起围裙来擦着眼睛，母亲却把汤碗倒翻在桌子上了。

"快拿……快拿抹布来，快……流下来啦……"她用手按着嘴，可是总有些饭粒喷出来。

厨夫收拾桌子的时候，就点起煤油灯来，我面向着菜园坐在门槛上，从门道流出来的黄色的灯光当中，砌着我圆圆的头部和肩膀，我时时举动着手，揩着额头的汗水，每揩了一下，那影子也学着我揩了一下。透过我单衫的晚风，像是青蓝色的河水似的清凉……后街，粮米店的胡琴的声音也响了起来，幽远的回音，东边也在叫着，西边也在叫着……日里黄色的花变成白色的了，红色的花，变成黑色的了。

火一样红的马蛇菜的花也变成黑色的了。同时,那盘结着墙根的野马蛇菜的小花,就完全看不见了。

有二伯也许就踏着那些小花走去的,因为他太接近了墙根,我看着他……看着他……他走出了菜园的板门。

他一点也不知道,我从后面跟了上去。因为我觉得奇怪。

他偷这东西做什么呢?也不好吃,也不好玩。

我追到了板门,他已经过了桥,奔向着东边的高冈。高冈上的去路,宽宏而明亮。

两边排着的门楼在月亮下面,我把它们当成庙堂一般想象。

有二伯的背上那圆圆的小袋子我还看得见的时候,远处,在他的前方,就起着狗叫了。

第三次我看见他偷东西,也许是第四次……但这也就是最后的一次。

他掮了大澡盆从菜园的边上横穿了过去,一些龙头花被他撞掉下来。这次好像他一点也不害怕,那白洋铁的澡盆刚郎刚郎地埋没着他的头部在呻叫。

并且好像大块的白银似的,那闪光照耀得我很害怕,我靠到墙根上去,我几乎是发呆地站着。

我想:母亲抓到了他,是不是会打他呢?同时我又起了一种佩服他的心情:"我将来也敢和他这样偷东西吗?"

但我又想:我是不偷这东西的,偷这东西干什么呢?这样大,放到哪里母亲也会捉到的。

但有二伯却顶着它像是故事里银色的大蛇似的走去了。

以后,我就没有看到他再偷过。但我又看到了别样的事情,那更危险,而且只常常发生,比方我在高草中正捏住了蜻蜓的尾巴……鼓冬……板墙上有一块大石头似的东西抛了过来,蜻蜓无疑的是飞了。比方夜里我就不敢再沿着那道板墙去捉蟋蟀,因为不知什么时候有二伯会从墙顶落下来。

丢了澡盆之后,母亲把三道门都下了锁。

所以小朋友们之中,我的蟋蟀捉得最少。因此我就怨恨有二伯:"你总是跳墙,跳墙……人家蟋蟀都不能捉了!"

"不跳墙……说得好,有谁给开门呢?"他的脖子挺得很直。

"杨厨子开吧……"

"杨……厨子……哼……你们是家里人……支使得动他……你二伯……"

"你不会喊!叫他……叫他听不着,你就不会打门……"

我的两只手,向两边摆着。

"哼……打门……"他的眼睛用力往低处看去。

"打门再听不着,你不会用脚踢……"

"踢……锁上啦……踢他干什么!"

"那你就非跳墙不可,是不是?跳也不轻轻跳,跳得那样吓人?"

"怎么轻轻的?"

"像我跳墙的时候,谁也听不着,落下来的时候,是蹲着……两只膀子张开……"我平地就跳了一下给他看。

"小的时候是行啊……老了,不行啦!骨头都硬啦!你二伯比你大六十岁,哪儿还比得了"?

他嘴角上流下来一点点的笑来。右手拿抓着烟荷包,左手摸着站在旁边的大白狗的耳朵……狗的舌头舐着他。

可是我总也不相信,怎么骨头还会硬与不硬?骨头不就是骨头吗?猪骨头我也咬不动,羊骨头我也咬不动,怎么我的骨头就和有二伯的骨头不一样?

所以,以后我拾到了骨头,就常常彼此把它们磕一磕。遇到同伴比我大几岁的,或是小一岁的,我都要和他们试试,怎样试呢?撞一撞拳头的骨节,倒是软多少硬多少?但总也觉不出来。若用力些就撞得很痛,第一次来撞的是哑巴——管事的女儿。起先她不肯,我就告诉她:"你比我小一岁,来试试,人小骨头是软的,看看你软不软?"

120

当时，她的骨节就红了，我想：她的一定比我软。可是，看看自己的也红了。

有一次，有二伯从板墙上掉下来。他摔破了鼻子。

"哼！没加小心……一只腿下来……一只腿挂在墙上……哼！闹个大头朝下……"

他好像在嘲笑着他自己，并不用衣襟或是什么揩去那血，看起来，在流血的似乎不是他自己的鼻子，他挺着很直的背脊走向厢房去，血条一面走着一面更多地画着他的前襟。已经染了血的手是垂着，而不去按住鼻子。

厨夫歪着脖子站在院心，他说："有二爷，你这血真新鲜……我看你多摔两个也不要紧……

"哼，小伙子，谁也从年轻过过！就不用挖苦……慢慢就有啦……"他的嘴还在血条里面笑着。

过一会，有二伯裸着胸脯和肩头，站在厢房门口，鼻子孔塞着两块小东西，他喊着："老杨……杨安……有单裖子借穿穿……明天这件干啦！就把你的脱下来……我那件掉啦膀子。夹的送去做，还没倒出工夫去拿……"他手里抖着那件洗过的衣裳。

"你说什么？"杨安几乎是喊着："你送去做的夹衣裳还没倒出工夫去拿？有二爷真是忙人！衣服做都做好啦……拿一趟就没有工夫去拿……有二爷真是二爷，将来要用个跟班的啦……"

我爬着梯子，上了厢房的房顶，听着街上是有打架的，上去看一看。房顶上的风很大，我打着颤子下来了。有二伯还赤着臂膀站在檐下。那件湿的衣裳在绳子上拍拍地被风吹着。

点灯的时候，我进屋去加了件衣裳，很例外我看到有二伯单独地坐在饭桌的屋子里喝酒，并且更奇怪的是杨厨子给他盛着汤。

"我各自盛吧！你去歇歇吧……"有二伯和杨安争夺着汤盆里的勺子。

我走去看看，酒壶旁边的小碟子里还有两片肉。

有二伯穿着杨安的小黑马褂，腰带几乎是束到胸脯上去。他从来不穿这样小的衣裳，我看他不像个有二伯，像谁呢？也说不出来？他嘴在嚼着东西，鼻子上的小塞还会动着。

本来只有父亲晚上回来的时候，才单独地坐在洋灯下吃饭。在有二伯，就很新奇，所以我站着看了一会。

杨安像个弯腰的瘦甲虫，他跑到客室的门口去……

"快看看……"他歪着脖子："都说他不吃羊肉……不吃羊肉……肚子太小，怕是胀破了……三大碗羊汤喝完啦……完啦……哈哈哈……"他小声地笑着，做着手势，放下了门帘。

又一次，完全不是羊肉汤……而是牛肉汤……可是当有二伯拿起了勺子，杨安就说："羊肉汤……"

他就把勺子放下了，用筷子夹着盘子里的炒茄子，杨安又告诉他："羊肝炒茄子。"

他把筷子去洗了洗，他自己到碗橱去拿出了一碟酱咸菜，他还没有拿到桌子上，杨安又说："羊……"他说不下去了。

"羊什么呢……"有二伯看着他："羊……羊……唔……是咸菜呀……嗯！咸菜里边说干净也不干净……"

"怎么不干净？"

"用切羊肉的刀切的咸菜。"

"我说杨安，你可不能这样……"有二伯离着桌子很远，就把碟子摔了上去，桌面过于光滑，小碟在上面呱呱地跑着，撞在另一个盘子上才停住。

"你杨安……可不用欺生……姓姜的家里没有你……你和我也是一样，是个外棵秧！年轻人好好学……怪模怪样的……将来还要有个后成……"

"唉呀呀！后成！就算绝后一辈子吧……不吃羊肠……麻花铺子炸面鱼，假腥气……不吃羊肠，可吃羊肉……别装扮着啦……"杨安的脖子因为生气直了一点。

"兔羔子……你他妈……阳气什么？"有二伯站起来向前走去。

"有二爷，不要动那样大的气……气大伤身不养家……我说，咱爷俩都是跑腿子……说个笑话……开个心……"厨子傻傻地笑着,"哪里有羊肠呢……说着玩……你看你就不得了啦……"

好像站在公园里的石人似的,有二伯站在地心。

"……别的我不生气……闹笑话,也不怕闹……可是我就忌讳这手……这不是好闹笑话的……前年我不知道吃过一回……后来知道啦,病啦半个多月……后来这脖上生了一块疮算是好啦……吃一回羊肉倒不算什么……就是心里头放不下,就好像背了自己的良心……背良心的事不做……做了那后悔是受不住的,有二不吃羊肉也就是为的这个……"喝了一口冷水之后他还是抽烟。

别人一个一个地开始离开了桌子……

从此有二伯的鼻子常常塞着小塞,后来又说腰痛,后来又说腿痛。他走过院心不像从前那么挺直,有时身子向一边歪着,有时用手拉住自己的腰带……大白狗跟着他前后地跳着的时候,他躲闪着它:"去吧……去吧!"他把手缩在袖子里面,用袖口向后扫摆着。

但,他开始诅骂更小的东西,比方一块砖头打在他的脚上,他就坐下来,用手按在那砖头,好像他疑心那砖头会自己走到他脚上来的一样。若当鸟雀们飞着时,有什么脏污的东西落在他的袖子或是什么地方,他就一面抖掉它,一面对着那已经飞过去的小东西讲着话:"这东西……啊哈!会找地方,往袖子上掉……你也是个瞎眼睛,掉,就往那个穿绸穿缎的身上掉!往我这掉也是白……穷跑腿子……"

他擦净了袖子,又向他头顶上那块天空看了一会,才从新走路。

板墙下的蟋蟀没有了,有二伯也好像不再跳板墙了。早晨厨子挑水的时候,他就跟着水桶通过板门去,而后向着井沿走,就坐在井沿旁的空着的碾盘上。差不多每天我拿了钥匙放小朋友们进来时,他总是在碾盘上招呼着:"花子……等一等你二伯……"我看他像鸭子在走路似的。"你二伯真是不行了……眼看着……眼看着孩子们往这而来,可是你二伯就追不上……"

他一进了板门,又坐在门边的木樽上。他的一只脚穿着袜子,另一只的脚趾捆了一段麻绳，他把麻绳抖开，在小布片下面，那肿胀的脚趾上还腐了一小块。好像茄子似的脚趾，他又把它包扎起来。

"今年的运气十分不好……小毛病紧着添……"他取下来咬在嘴上的麻绳。

以后当我放小朋友进来的时候，不是有二伯招呼着我，而是我招呼着他。因为关了门，他再走到门口，给他开门的人也还是我。

在碾盘上不但坐着，他后来就常常睡觉，他睡得就像完全没有了感觉似的，有一个花鸭子伸着脖颈啄着他的脚心，可是他没有醒，他还是把脚伸在原来的地方。碾盘在太阳下闪着光，他像是睡在圆镜子上边。

我们这些孩子们抛着石子和飞着沙土，我们从板门冲出来，跑到井沿上去，因为井沿上有更多的石子，我把我的衣袋装满了它们，我就蹲在碾盘后和他们作战，石子在碾盘上"叭"，"叭"，好像还冒着一道烟。

有二伯闭着眼睛忽然抓了他的烟袋："王八蛋，干什么……还敢来……还敢上……"

他打着他的左边和右边，等我们都集拢来看他的时候，他才坐起来。

"……妈的……做了一个梦……那条道上的狗真多……

连小狗崽也上来啦……让我几烟袋锅子就全数打了回去……"他揉一揉手骨节，嘴角上流下笑来："妈的……真是那么个滋味……做梦狗咬啦呢……醒啦还有点疼……"

明明是我们打来的石子，他说是小狗崽，我们都为这事吃惊而得意。跑开了，好像散开的鸡群，吵叫着，展着翅膀。

他打着呵欠："呵……呵呵……"在我们背后像小驴子似的叫着。

我们回头看他，他和要吞食什么一样，向着太阳张着嘴。

那下着毛毛雨的早晨，有二伯就坐到碾盘上去了。杨安担着水桶从板门来来往往地走了好几回……杨安锁着板门的时候，他就说："有二爷子这几天可真变样……那神气，我看几天就得进庙啦……"

我从板缝往西边看看，看不清是有二伯，好像小草堆似的，在雨里边浇着。

"有二伯……吃饭啦!"我试着喊了一声。

回答我的,只是我自己的回响:"呜呜"的在我的背后传来。

"有二伯,吃饭啦!"这次把嘴唇对准了板缝。

可是回答我的又是"呜呜"。

下雨的天气永远和夜晚一样,到处好像空瓶子似的,随时被吹着随时发着响。

"不用理他……"母亲在开窗子:"他是找死……你爸爸这几天就想收拾他呢……"

我知道这"收拾"是什么意思:打孩子们叫"打",打大人就叫"收拾"。

我看到一次,因为看纸牌的事情,有二伯被管事的"收拾"了一回。可是父亲,我还没有看见过,母亲向杨厨子说:"这几年来,他爸爸不屑理他……总也没在他身上动过手……可是他的骄毛越长越长……贱骨头,非得收拾不可……若不然……他就不自在。"

母亲越说"收拾"我就越有点害怕,在什么地方"收拾"呢?在院心,管事的那回可不是在院心,是在厢房的炕上。那么这回也要在厢房里!是不是要拿着烧火的叉子?那回管事的可是拿着。我又想起来小哑巴,小哑巴让他们踏了一脚,手指差一点没有踏断。到现在那小手指还不是弯着吗?

有二伯一面敲着门一面说着:"大白……大白……你是没心肝的……你早晚……"等大白狗从板墙跳出去,他又说:"去……去……"

"开门!没有人吗?"

我要跑去的时候,母亲按住了我的头顶:"不用你显勤快!让他站一会吧,不是吃他饭长的……"

那声音越来越大了,真是好像用脚踢着。

"没有人吗?"每个字的声音完全喊得一平。

"人倒是有,倒不是侍候你的……你这份老爷子不中用……"母亲的说话,不知有二伯听到没有听到。

125

但那板门暴乱起来："死绝了吗？人都死绝啦……"

"你可不用假装疯魔……有二，你骂谁呀……对不住你吗？"母亲在厨房里叫着："你的后半辈吃谁的饭来的……你想想，睡不着觉思量思量……有骨头，别吃人家的饭？讨饭吃，还嫌酸……"

并没有回答的声音，板墙隆隆地响着，等我们看到他，他已经是站在墙这边了。

"我……我说……四妹子……你二哥说的是杨安，家里人……我是不说的……你二哥，没能耐不是假的，可是吃这碗饭，你可也不用委曲……"我奇怪要打架的时候，他还笑着："有四兄弟在……算账咱们和四兄弟算……"

"四兄弟……四兄弟屑得跟你算……"母亲向后推着我。

"不屑得跟你二哥算……哼！哪天咱们就算算看……那天四兄弟不上学堂……咱们就算算看……"他哼哼的，好像水洗过的小瓦盆似的，没有边沿的草帽切着他的前额。

他走过的院心上，一个一个的留下了泥窝。

"这死鬼……也不死……脚烂啦！还一样会跳墙……"母亲像是故意让他听到。

"我说四妹子……你们说的是你二哥……哼哼……你们能说出口来？我死……人不好那样，谁都是爹娘养的，吃饭长的……"他拉开了厢房的门扇，就和拉着一片石头似的那样用力，但他并不走进去。"你二哥，在你家住了三十多年……哪一点对不住你们；拍拍良心……一根草棍也没给你们糟踏过……唉……四妹子……这年头……没处说去……没处说去……人心看不见……"

我拿着满手的柿子，在院心滑着跳着跑到厢房去，有二伯在烤着一个温暖的火堆，他坐得那么刚直，和门旁那只空着的大坛子一样。

"滚……鬼头鬼脑的……干什么事？你们家里头尽是些耗子。"我站在门口还没有进去，他就这样的骂着我。

我想：可真是，不怪杨厨子说，有二伯真有点变了。他骂人也骂得那么奇怪，尽是些我不懂的话，"耗子"，"耗子"与我有什么关系！说它干什么？

我还是站在门边，他又说："王八羔子……兔羔子……穷命……狗命……不是人……在人里头缺点什么……"他说的是一套一套的，我一点也记不住。

我也学着他，把鞋脱下来，两个鞋底相对起来，坐在下面。

"这你孩子……人家什么样，你也什么样！看着葫芦就画瓢……那好的……新新的鞋子就坐……"他的眼睛就像坛子上没有烧好的小坑似的向着我。

"那你怎么坐呢！"我把手伸到火上去。

"你二伯坐……你看看你二伯这鞋……坐不坐都是一样，不能要啦！穿啦它二年整。"把鞋从身下抽出来，向着火看了许多工夫。他忽然又生起气来……

"你们……这都是天堂的呀……你二伯像你那大……靡穿过鞋……哪来的鞋呢？放猪去，拿着个小鞭子就走……一天跟着太阳出去……又跟着太阳回来……带着两个饭团就算是晌饭……你看看你们……馒头干粮，满院子滚！我若一扫院子就准能捡着几个……你二伯小时候连馒头边都……都摸不着哇！如今……连大白狗都不去吃啦……"

他的这些话若不去打断他，他就会永久说下去：从幼小说到长大，再说到锅台上的瓦盆……再从瓦盆回到他幼年吃过的那个饭团上去。我知道他又是这一套，很使我起反感，我讨厌他，我就把红柿子放在火上去烧着，看一看烧熟是个什么样？

"去去……哪有你这样的孩子呢？人家烘点火暖暖……你也必得弄灭它……去，上一边去烧去……"他看着火堆喊着。

我穿上鞋就跑了，房门是开着，所以那骂的声音很大："鬼头鬼脑的，干些什么事？你们家里……尽是些耗子……"

127

有二伯和后园里的老茄子一样,是灰白了,然而老茄子一天比一天静默下去,好像完全任凭了命运。可是有二伯从东墙骂到西墙,从扫地的扫帚骂到水桶……而后他骂着他自己的草帽……

"……王八蛋……这是什么东西……去你的吧……没有人心!夏不遮凉,冬不抗寒……"

后来他还是把草帽戴上,跟着杨厨子的水桶走到井沿上去,他并不坐到石碾上,跟着水桶又回来了。

"王八蛋……你还算个牲口……你黑心粒……"他看看墙根的猪说。

他一转身又看到了一群鸭子:"哪天都杀了你们……一天到晚呱呱的……他妈的若是个人,也是个闲人。都杀了你们……别享福……吃得溜溜胖……溜溜肥……"

后园里的葵花子,完全成熟了,那过重的头柄几乎折断了它自己的身子。玉米有的只带了叶子站在那里,有的还挂着稀少的玉米棒。黄瓜老在架上了,赫黄色的,麻裂了皮,有的束上了红色的带子,母亲规定了它们:来年作为种子。葵花子也是一样,在它们的颈间也有的是挂了红布条。只有已经发了灰白的老茄子还都自由地吊在枝棵上,因为它们的内面,完全是黑色的子粒,孩子们既然不吃它,厨子也总不采它。

只有红柿子,红得更快,一个跟着一个,一堆跟着一堆。

好像捣衣裳的声音,从四面八方传来了一样。

有二伯在一个清凉的早晨,和那捣衣裳的声音一道,倒在院心了。

我们这些孩子们围绕着他,邻人们也围绕着他,但当他爬起来的时候,邻人们又都向他让开了路。

他跑过去,又倒下来了。父亲好像什么也没做,只在有二伯的头上拍了一下。

照这样做了好几次,有二伯只是和一条卷虫似的滚着。

父亲却和一部机器似的那么灵巧。他读书看报时的眼镜也还戴着,他叉着腿,有二伯来了的时候,我看见他的白绸衫的襟角很和谐地抖了一下。

"有二……你这小子混蛋……一天到晚,你骂什么……有吃有喝,你还要挣命……你个祖宗的!"

有二伯什么声音也没有。倒了的时候,他想法子爬起来,爬起来他就向前走着,走到父亲的地方他又倒了下来。

等他再倒了下来的时候,邻人们也不去围绕着他。母亲始终是站在台阶上。杨安在柴堆旁边,胸前立着竹帚……邻家的老祖母在板门外被风吹着她头上的蓝色的花。还有管事的……还有小哑巴……还有我不认识的人,他们都靠到墙根上去。

到后来有二伯枕着他自己的血,不再起来了,脚趾上扎着的那块麻绳脱落在旁边,烟荷包上的小圆葫芦,只留了一些片沫在他的左近。鸡叫着,但是跑得那么远……只有鸭子来啄食那地上的血液。

我看到一个绿头顶的鸭子和一个花脖子的。

冬天一来了的时候,那榆树的叶子,连一棵也不能够存在,因为是一棵孤树,所有从四面来的风,都摇得到它。所以每夜听着火炉盖上茶壶嗞嗞的声音的时候,我就从后窗看着那棵大树,白的,穿起了鹅毛似的……连那顶小的枝子也胖了一些。太阳来了的时候,榆树也会闪光,和闪光的房顶,闪光的地面一样。

起初,我们是玩着堆雪人,后来就厌倦了,改为拖狗爬犁了,大白狗的脖子上每天束着绳子,杨安给我们做起来的爬犁。起初,大白狗完全不走正路,它往狗窝里面跑,往厨房里面跑。我们打着它,终于使它习惯下来,但也常常兜着圈子,把我们全数扣在雪地上。它每这样做了一次,我们就一天不许它吃东西,嘴上给他挂了龙头。

但这它又受不惯,总是闹着,叫着……用腿抓着雪地,所以我们把它束到马桩子上。

不知为什么?有二伯把它解了下来,他的手又颤颤得那么厉害。

而后他把狗牵到厢房里去,好像牵着一匹小马一样……

过了一会出来了,白狗的背上压着不少东西:草帽顶、铜水壶、豆油灯碗、方枕头、团蒲扇……小圆筐……好像一辆搬家的小车。

有二伯则挟着他的棉被。

"二伯!你要回家吗?"

他总常说"走走"。我想"走"就是回家的意思。

"你二伯……嗯……"那被子流下来的棉花一块一块的沾污了雪地,黑灰似的在雪地上滚着。

还没走到板门,白狗就停下了,并且打着,他有些牵不住它了。

"你不走吗?你……大白……"

我取来钥匙给他开了门。

在井沿的地方,狗背上的东西,就全都弄翻了。在石碾上摆着小圆筐和铜茶壶这一切。

"有二伯……你回家吗?"若是不回家为什么带着这些东西呢!

"嗯……你二伯……"

白狗跑得很远的了。

"这儿不是你二伯的家,你二伯别处也没有家。"

"来……"他招呼着大白狗:"不让你背东西……就来吧……"

他好像要去抱那狗似的张开了两臂。

"我要等到开春……就不行……"他拿起了铜水壶和别的一切。

我想他是一定要走了。

我看着远处白雪里边的大门。

但他转回身去,又向着板门走了回来,他走动的时候,好像肩上担着水桶的人一样,东边摇着,西边摇着。

"二伯,你是忘下了什么东西?"

但回答着我的只有水壶盖上的铜环……咯铃铃咯铃铃……

他是去牵大白狗吧?对这件事我很感到趣味,所以我抛弃了小朋友们,跟在有二伯的背后。

走到厢房门口,他就进去了,戴着龙头的白狗,他像没有看见它。

他是忘下了什么东西？

但他什么也不去拿，坐在炕沿上，那所有的全套的零碎完全照样在背上和胸上压着他。

他开始说话的时候，连自己也不能知道我是已经向着他的旁边走去。

"花子！你关上门……来……"他按着从身上退下来的东西……"你来看看！"

我看到的是些什么呢？

掀起席子来，他抓了一把："就是这个……"而后他把谷粒抛到地上："这不明明是往外撵我吗……腰疼……腿疼没有人看见……这炕暖倒记住啦！说是没有米吃，这谷子又潮湿……垫在这炕下炀几天……十几天啦……一寸多厚……烧点火还能热上来……暖！……想是等到开春……这衣裳不抗风……"

他拿起扫帚来，扫着窗棂上的霜雪，又扫着墙壁："这是些什么？吃糖可就不用花钱？"

随后他烧起火来，柴草就着在灶口外边，他的胡子上小白冰溜变成了水，而我的眼睛流着泪……那烟遮没了他和我。

他说他七岁上被狼咬了一口，八岁上被驴子踢掉一个脚趾……我问他："老虎，真的，山上的你看见过吗？"

他说："那倒没有。"

我又问他："大象你看见过吗？"

而他就不说到这上面来。他说他放牛放了几年，放猪放了几年……

"你二伯三个月没有娘……六个月没有爹……在叔叔家里住到整整七岁，就像你这么大……"

"像我这么大怎的呢？"他不说到狼和虎我就不愿意听。

"像你那么大就给人家放猪去啦……"

"狼咬你就是像我那大咬的？咬完啦，你还敢再上山不敢啦……"

"不敢，哼……在自家里是孩子……在别人就当大人看……不敢……

不敢……回家去……你二伯也是怕呀……为此哭过一些……好打也挨过一些……"

我再问他:"狼就咬过一回?"

他就不说狼,而说一些别的:又是哪年他给人家当过喂马的……又是我爷爷怎么把他领到家里来的……又是什么五月里樱桃开花啦……又是:"你二伯前些年也想给你娶个二大娘……"

我知道他又是从前那一套,我冲开了门站在院心去了。被烟所伤痛的眼睛什么也不能看了,只是流着泪……

但有二伯摊在火堆旁边,幽幽地起着哭声……

我走向上房去了,太阳晒着我,还有别的白色的闪光,它们都来包围了我;或是在前面迎接着,或是从后面迫赶着我站在台阶上,向四面看看,那么多纯白而闪光的房顶!

那么多闪光的树枝!它们好像白石雕成的珊瑚树似的站在一些房子中间。

有二伯的哭声更高了的时候,我就对着这眼前的一切更爱:它们多么接近,比方雪地是踏在我的脚下,那些房顶和树枝就是我的邻家,太阳虽然远一点,然而也来照在我的头上。

春天,我进了附近的小学校。

有二伯从此也就不见了。

孤 独 的 生 活

蓝色的电灯，好像通夜也没有关，所以我醒来一次看看墙壁是发蓝的，再醒来一次，也是发蓝的。天明之前，我听到蚊虫在帐子外面嗡嗡嗡嗡地叫着，我想，我该起来了，蚊虫都吵得这样热闹了。

收拾了房间之后，想要做点什么事情这点，日本与我们中国不同，街上虽然已经响着木屐的声音，但家屋仍和睡着一般的安静。我拿起笔来，想要写点什么，在未写之前必得要先想，可是这一想，就把所想的忘了！

为什么这样静呢？我反倒对着这安静不安起来。

于是出去，在街上走走，这街也不和我们中国的一样，也是太静了，也好像正在睡觉似的。

于是又回到了房间，我仍要想我所想的：在席子上面走着，吃一根香烟，喝一杯冷水，觉得已经差不多了，坐下来吧！写吧！

刚刚坐下来，太阳又照满了我的桌子。又把桌子换了位置，放在墙角去，墙角又没有风，所以满头流汗了。

再站起来走走，觉得所要写的，越想越不应该写，好，再另计划别的。

好像疲乏了似的，就在席子上面躺下来，偏偏帘子上有一个蜂子飞来，怕它刺着我，起来把它打跑了。刚一躺下，树上又有一个蝉开头叫起。蝉叫倒也不算奇怪，但只一个，听来那声音就特别大，我把头从窗子伸出去，想看看，到底是在哪一棵树上？可是邻人拍手的声音，比蝉声更大，他们在笑了。我是在看蝉，他们一定以为我是在看他们。

于是穿起衣裳来，去吃中饭。经过华的门前，她们不在家，两双拖鞋摆在木箱上面。

她们的女房东，向我说了一些什么，我一个字也不懂，大概也就是说她们不在家的意思。

日本食堂之类，自己不敢去，怕人看成个阿墨林。所以去的是中国饭馆，一进门那个戴白帽子的就说："伊拉瞎伊麻丝……"

这我倒懂得，就是"来啦"的意思。既然坐下之后，他仍说的是日本话，于是我跑到厨房去，对厨子说了：要吃什么，要吃什么。

回来又到华的门前看看，还没有回来，两双拖鞋仍摆在木箱上。她们的房东又不知向我说了些什么！

晚饭时候，我没有去寻她们，出去买了东西回到家里来吃，照例买的面包和火腿。

吃了这些东西之后，着实是寂寞了。外面打着雷，天阴得混混沉沉的了。想要出去走走，又怕下雨，不然，又是比日里还要长的夜，又把我留在房间里了。终于拿了雨衣，走出去了，想要逛逛夜市，也怕下雨，还是去看华吧！一边带着失望一边向前走着，结果，她们仍是没有回来，仍是看到了两双拖鞋，仍是听到了那房东说了些我所不懂的话语。

假若，再有别的朋友或熟人，就是冒着雨，我也要去找他们，但实际是没有的。只好照着原路又走回来了。

现在是下着雨，桌子上面的书，除掉《水浒》之外，还有一本胡风译的《山灵》，《水浒》我连翻也不想翻，至于《山灵》，就是抱着我这一种心情来读，有意义的书也读坏了。

雨一停下来，穿着街灯的树叶好像萤火似的发光，过了一些时候，我再看树叶时那就完全漆黑了。

雨又开始了，但我的周围仍是静的，关起了窗子，只听到屋瓦滴滴地响着。

我放下了帐子，打开蓝色的电灯，并不是准备睡觉，是准备看书了。

读完了《山灵》上《声》的那篇，雨不知道已经停了多久了？那已经哑了的权龙八，他对他自己的不幸，并不正面去惋惜，他正为着铲除这种不幸才来干这样的事情的。

已经哑了的丈夫，他的妻来接见他的时候，他只把手放在嘴唇前面摆来摆去，接着他的脸就红了，当他红脸的时候，我不晓得那是什么心情激动了他？还有，他在监房里读着速成国语读本的时候，他的伙伴都想要说："你话都不会说，还学日文干什么！"

在他读的时候，他只是听到像是蒸气从喉咙漏出来的一样。恐怖立刻浸着了他，他慌忙地按了监房里的报知机，等他把人喊了来，他又不说什么，只是在嘴的前面摇着手。

所以看守骂他："为什么什么也不说呢？混蛋！"

医生说他是"声带破裂，"他才晓得自己一生也不会说话了。

我感到了蓝色灯光的不足，于是开了那只白灯泡，准备再把《山灵》读下去。我的四面虽然更静了，等到我把自己也忘掉了时，好像我的周围也动荡了起来。

天还未明，我又读了三篇。

索 非 亚 的 愁 苦

侨居在哈尔滨的俄国人那样多。从前他们骂着:"穷党,穷党。"

连中国人开着的小酒店或是小食品店,都怕"穷党"进去。谁都知道"穷党"喝了酒,常常会讨不出钱来。

可是现在那骂着穷党的,他们做了"穷党"了:马车夫,街上的浮浪人,叫化子,至于那大胡子的老磨刀匠,至于那去过欧战的独腿人,那拉手风琴在乞讨铜板的,人们叫他街头音乐家的独眼人。

索非亚的父亲就是马车夫。

索非亚是我的俄文教师。

她走路走得很漂亮,像跳舞一样。可是,她跳舞跳得怎样呢?那我不知道,因为我还不懂得跳舞。但是我看她转着那样圆的圈子,我喜欢她。

没多久,熟识了之后,我们是常常跳舞的。"再教我一个新步法!这个,你看我会了。"

桌上的表一过十二点,我们就停止读书。我站起来,走了一点姿式给她看。

"这样可以吗?左边转,右边转,都可以!"

"怎么不可以!"她的中国话讲得比我们初识的时候更好了。

为着一种感情,我从不以为她是一个"穷党",几乎连那种观念也没有存在。她唱歌唱得也很好,她又教我唱歌。有一天,她的手指甲染得很红的来了。还没开始读书,我就对她的手很感到趣味,因为没有看到她装饰过。

她从不涂粉,嘴唇也是本来的颜色。

"嗯哼,好看的指甲啊!"我笑着。

"呵!坏的,不好的,'涅克拉西为'是不美的、难看的意思。"

我问她:"为什么难看呢?"……

"读书,读书,十一点钟了。"她没有回答我。

后来,我们再熟识的时候,不仅跳舞,唱歌,我们谈着服装,谈着女人:西洋女人、东洋女人、俄国女人、中国女人。有一天,我们正在讲解着文法,窗子上有红光闪了一下,我招呼着:"快看!漂亮哩!"房东的女儿穿着红缎袍子走过去。

我想,她一定要称赞一句。可是她没有:"白吃白喝的人们!"

这样合乎文法完整的名词,我不知道为什么她能说出来?当时,我只是为着这名词的构造而惊奇。至于这名词的意义,好像以后才发现出来。

后来,过了很久,我们谈着思想,我们成了好友了。

"白吃白喝的人们,是什么意思呢?"我已经问过她几次了,但仍常常问她。她的解说有意思:"猪一样的,吃得很好,睡得很好。什么也不做,什么也不想……"

"那么,白吃白喝的人们将来要做'穷党'了吧?"……

"是的,要做'穷党'的。不,可是……"她的一丝笑纹也从脸上退走了。

不知多久,没再提到"白吃白喝"这句话。我们又回转到原来友情上的寸度:跳舞、唱歌,连女人也不再说到。我的跳舞步法也和友情一样没有增加,这样一直继续到"巴斯哈"节。("巴斯哈"节:即"逾越节",约在每年阳历三、四月间,犹太民族的主要节日。)

节前的几天,索非亚手脸色比平日更惨白些,嘴唇白得几乎和脸色一个样,我也再不要求她跳舞。

就是节前的一日,她说:"明天过节,我不来,后天来。"

后天,她来的时候,她向我们说着她愁苦,这很意外。友情因为这个好像又增加起来。……

"昨天是什么节呢?"

"'巴斯哈'节,为死人过的节。染红的鸡子带到坟上去,花圈带到坟上去……"

"什么人都过吗?犹太人也过'巴斯哈'节吗?"

"犹太人也过,'穷党'也过,不是'穷党'也过。"

到现在我想知道索非亚为什么她也是"穷党……",然而我不能问她。

"愁苦,我愁苦……妈妈又生病,要进医院,可是又请不到免费证。"

"要进哪个医院?"

"专为俄国人设的医院。"

"请免费证,还要很困难的手续吗?"

"没有什么困难的,只要不是'穷党'。"

有一天,我只吃着干面包。那天她来得很早,差不多九点半钟她就来了。

"营养不好,人是瘦的、黑的,工作得少,工作得不好。慢慢健康就没有了。"

我说:"不是,只喜欢空吃面包,而不喜欢吃什么菜。"她笑了:"不是喜欢,我知道为什么。昨天我也是去做客,妹妹也是去做客。爸爸的马车没有赚到钱,爸爸的马也是去做客。"

我笑她:"马怎么也会去做客呢?"

"会的,马到它的朋友家里去,就和它的朋友站在一道吃草。"

俄文读得一年了,索非亚家的牛生了小牛,也是她向我说的。并且当我到她家里去做客,若当老羊生了小羊的时候,我总是要吃羊奶的。并且在她家我还看到那还不很会走路的小羊。

"吉卜赛人是'穷党'吗?怎么中国人也叫他们'穷党'呢?"这样话,好像在友情最高的时候更不能问她。

"吉卜赛人也会讲俄国话的,我在街上听到过。"

138

"会的，犹太人也多半会俄国话！"索非亚的眉毛动弹了一下。

"在街上拉手风琴的一个眼睛的人，他也是俄国人吗？"

"是俄国人。"

"他为什么不回国呢？"

"回国！那你说我们为什么不回国？"她的眉毛好像在黎明时候静止着的树叶，一点也没有摇摆。

"我不知道。"我实在是慌乱了一刻。

"那么犹太人回什么国呢？"

我说："我不知道。"

春天柳条舞着芽子的时候，常常是阴雨的天气，就在雨丝里一种沉闷的鼓声来在窗外了："咚咚！咚咚"

"犹太人，他就是父亲的朋友，去年'巴斯哈'节他是在我们家里过的。他世界大战的时候去打过仗。"

"咚咚，咚咚，瓦夏！瓦夏！"

我一面听着鼓声，一面听到喊着瓦夏，索非亚的解说在我感不到力量和微弱。

"为什么他喊着瓦夏？"我问。

"瓦夏是他的伙伴，你也会认识他……是的，就是你说的中央大街上拉风琴的人。"

那犹太人的鼓声并不响了，但仍喊着瓦夏，那一双肩头一齐耸起又一齐落下，他的腿是一只长腿一只短腿。那只短腿使人看了会并不相信是存在的，那是从腹部以下就完全失去了，和丢掉一只腿的蛤蟆一样奇形。

他经过我们的窗口，他笑笑。

"瓦夏走得快哪！追不上他了。"这是索非亚给我翻译的。

等我们再开始讲话，索非亚她走到屋角长青树的旁边："屋子太没趣了，找不到灵魂，一点生命也感不到地活着啊！冬天屋子冷，这树也黄了。"

我们的谈话，一直继续到天黑。

索非亚述说着在落雪的一天，她跌了跤，从前安得来夫将军的儿子在路上骂她"穷党"。

"……你说，那猪一样的东西，我该骂他什么呢？——骂谁'穷党'！你爸爸的骨头都被'穷党'的煤油烧掉了——他立刻躲开我，他什么话也没有再回答。'穷党'，吉卜赛人也是'穷党'，犹太人也是'穷党'。现在真正的'穷党'还不是这些人，那些沙皇的子孙们，那些流氓们才是真正的'穷党'。"

索非亚的情感约束着我，我忘记了已经是应该告别的时候。

"去年的'巴斯哈'节，爸爸喝多了酒，他伤心……他给我们跳舞，唱高加索歌……我想他唱的一定不是什么歌曲，那是他想他家乡的心情的嚎叫，他的声音大得厉害哩！我的妹妹米娜问他：'爸爸唱的是哪里的歌？'他接着就唱起'家乡''家乡'来了，他唱着许多家乡。我们生在中国地方，高加索，我们对它一点什么也不知道。妈妈也许是伤心的，她哭了！犹太人哭了——拉手风琴的人，他哭的时候，把吉卜赛女孩抱了起来。也许他们都想着'家乡'。可是，吉卜赛女孩不哭，我也不哭。米娜还笑着，她举起酒瓶来跟父亲跳高加索舞，她一再说：'这就是火把！'爸爸说：'对的。'他还是说高加索舞是有火把的。米娜一定是从电影上看到过火把。……爸爸举着三弦琴。"

索非亚忽然变了一种声音："不知道吧！为什么我们做'穷党'？因为是高加索人。哈尔滨的高加索人还不多，可是没有生活好的。从前是'穷党'，现在还是'穷党'。爸爸在高加索的时候种田，来到中国也是种田。现在他赶马车，他是一九一二年和妈妈跑到中国来。爸总是说：'哪里也是一样，干活计就吃饭。'这话到现在他是不说的了……"

她父亲的马车回来了，院里嘟嘟地响着铃子。

我再去看她，那是半年以后的事，临告别的时候，索非亚才从床上走下地板来。

"病好了我回国的。工作，我不怕，人是要工作的。传说，那边工作很厉害。母亲说，还不要回去吧！可人们没有想想，人们以为这边比那边待他还好！"走到门外她还说："'回国证'怕难一点，不要紧，没有'回国证'，我也是要回去的。"她走路的样子再不像跳舞，迟缓与艰难。

过了一个星期，我又去看她，我是带着糖果。

"索非亚进了医院的。"她的母亲说。

"医院在什么地方？"

她的母亲说的完全是俄语，那些俄文的街名，无论怎样是我所不懂的。

"可以吗？我去看看她？"

"可以，星期日可以，平常不可以。"

"医生说她是什么病？"

"肺病，很轻的肺病，没有什么要紧。'回国证'她是得不到的，'穷党'回国是难的。"

我把糖果放下就走了。这次送我出来的不是索非亚，而是她的母亲。

一 条 铁 路 的 完 成

一九二八年的故事,这故事,我讲了好几次。而每当我读了一节关于学生运动记载的文章之后,我就想起那年在哈尔滨的学生运动,那时候我是一个女子中学里的学生,是开始接近冬天的季节。我们是在二层楼上有着壁炉的课室里面读着英文课本。因为窗子是装着双重玻璃,起初使我们听到的声音是从那小小的通气窗传进来的。英文教员在写着一个英文字,他回一回头,他看一看我们,可是接着又写下去,一个字终于没有写完,外边的声音就大了,玻璃窗子好像在雨天里被雷声在抖着似的那么轰响。短板墙以外的石头道上在呼叫着的,有那许多人,我从来没有见过,使我想象到军队,又想到马群,又想象到波浪,……总之对于这个我有点害怕。校门前跑着拿长棒的童子军,而后他们冲进了教员室,冲进了校长室,等我们全体走下楼梯的时候,我听到校长室里在闹着。这件事情一点也不光荣,使我以后见到男学生们总带着对不住或软弱的心情。

"你不放你的学生出动吗?……我们就是钢铁,我们就是熔炉……"跟着听到有木棒打在门扇上或是地板上,那乱糟糟的鞋底的响声。这一切好像有一场大事件就等待着发生,于是有一种庄严而宽宏的情绪高涨在我们的血管里。

"走!跟着走!"大概那是领袖,他的左边的袖子上围着一圈白布,没有戴帽子,从楼梯向上望着,我看他们快要变成播音机了:"走!跟着走!"

而后又看到了女校长的发青的脸,她的眼跟星子似的闪动在她的恐惧中。

"你们跟着去吧！要守秩序！"她好像被鹰类捉拿到的鸡似的软弱，她是被拖在两个戴大帽子的童子军的臂膀上。

我们四百多人在大操场上排着队的时候，那些男同学们还满院子跑着，搜索着，好像对于小偷那种形式，侮辱！侮辱！他们竟搜索到厕所。

女校长那混蛋，刚一脱离了童子军的臂膀，她又恢复了那假装着女皇的架子。

"你们跟他们去，要守秩序，不能破格……不能和那些男学生们那样没有教养，那么野蛮……"而后她抬起一只袖子来："你们知道你们是女学生吗？记得住吗？是女学生。"

在男学生们的面前，她又说了那样的话，可是一出校门不远，连对这侮辱的愤怒都忘记了。向着喇嘛台，向着火车站。小学校、中学校、大学校，几千人的行列……那时我觉得我是在这几千人之中，我觉得我的脚步很有力。凡是我看到的东西，已经都变成了严肃的东西，无论马路上的石子，或是那已经落了叶子的街树。反正我是站在"打倒日本帝国主义"的喊声中了。

走向火车站必得经过日本领事馆。我们正向着那座红楼咆哮着的时候，一个穿和服的女人打开走廊的门扇而出现在闪烁的阳光里。于是那"打倒日本帝国主义"的大叫改为"就打倒你……"！她立刻就把身子抽回去了。那座红楼完全停在寂静中，只是楼顶上的太阳旗被风在折合着。走在石头道街又碰到了一个日本女子，她背上背着一个小孩，腰间束了一条小白围裙，围裙上还带着花边，手中提着一棵大白菜。我们又照样做了，不说"打倒日本帝国主义"而说……"就打倒你！"因为她是走马路的旁边，我们就用手指着她而喊着。另一方面，我们又用自己光荣的情绪去体会她狼狈的样子。第一天叫作"游行"、"请愿……"，道里和南岗去了两部分市区。这市区有点像租界，住民多是外国人。

长官公署，教育厅都去过了，只是"官们"出来拍手击掌地演了一篇说，结果还是："回学校去上课罢！"

日本要完成吉敦路这件事情，究竟"官们"没有提到。（1928年，日本帝国主义为加紧对东北的掠夺，与东三省反动当局勾结攫取修造吉五（吉林至五常）、长大（长春至大赉）、洮索（洮南至索伦）、延海（延吉至海林）、吉会（吉林至朝鲜会宁）等五条铁路，引起了东三省广大人民的抗议，掀起"反五路"斗争。）在黄昏里，大队分散在道尹公署的门前，在那个孤立着的灰色的建筑物前面，装置着一个大圆的类似喷水池的东西。有一些同学就坐在那边沿上，一直坐到星子们在那建筑物的顶上闪亮了，那个"道尹"究竟还没有出来，只看见卫兵在台阶上，在我们的四围挂着短枪来回地在戒备着。而我们则流着鼻涕，全身打着抖在等候着。到底出来了一个姨太太，那声音我们一点也听不见。男同学们跺着脚，并且叫着，在我听来已经有点野蛮了："不要她……去……去……只有官僚才要她……"

接着又换了个大太太（谁知道是什么，反正是个老一点的），不甚胖，有点短。至于说些什么，恐怕也只有她自己的圆肚子才能够听到。这还不算什么惨事，我一回头看见了有几个女同学尿了裤子的（因为一整天没有遇到厕所的缘故）。

第二天没有男同学来攫，是自动出发的，在南岗下许公路的大空场子上开的临时会议，这一天不是"游行"，不是"请愿"而要"示威"了。脚踏车队在空场四周绕行着，学生联合会的主席是个很大的脑袋的人，也没有戴帽子，只戴了一架眼镜。那天是个落着清雪的天气，他的头发在雪花里边飞着。他说的话使我很佩服，因为我从来没有晓得日本还与我们有这样大的关系，他说日本若完成了吉敦路可以向东三省进兵，他又说又经过高丽又经过什么……并且又听说他进兵进得那样快，也不是二十几小时？就可以把多少大兵向我们的东三省开来，就可以灭我们的东三省。我觉得他真有学问，由于崇敬的关系，我觉得这学联主席与我隔得好像大海那么远。

组织宣传队的时候，我站过去，我说我愿意宣传。别人都是被推举的，而我是自告奋勇的。于是我就站在雪花里开始读着我已经得到的传单。而后有人发给我一张小旗，过一会又有人来在我的胳膊上用扣针给我别上条白布，那上面还卡着红色的印章，究竟那红印章是什么字，我也没有看出来。

大队开到差不多是许公路的最终极，一转弯一个横街里去，那就是滨江县的管界。

因为这界限内住的纯粹是中国人，和上海的华界差不多。宣传队走在大队的中间，我们前面的人已经站住了，并且那条横街口站着不少的警察，学联代表们在大队的旁边跑来跑去。昨天晚上他们就说："冲！冲！"我想这回就真的到了冲的时候了吧？

学联会的主席从我们的旁边经过，他手里提着一个银白色的大喇叭筒，他的嘴接到喇叭筒的口上，发出来的声音好像牛鸣似的："诸位同学！我们是不是有血的动物？我们愿不愿意我们的老百姓给日本帝国主义做奴才……"而后他跳着，因为激动，他把喇叭筒像是在向着天空，"我们有决心没有？我们怕不怕死？"

"不怕！"虽然我和别人一样地嚷着不怕，但我对这新的一刻工夫就要来到的感觉好像一棵嫩芽似的握在我的手中。

那喇叭的声音到队尾去了，虽然已经遥远了，但还是能够震动我的心脏。我低下头去看着我自己的被踏污了的鞋尖，我看着我身旁的那条阴沟，我整理着我的帽子，我摸摸那帽顶的毛球。没有束围巾，也没有穿外套。对于这个给我生了一种侥幸的心情！

"冲的时候，这样轻便不是可以飞上去了吗？"昨天计划今天是要"冲"的，但不知为什么，我总觉得我有点特别聪明。

大喇叭筒跑到前面去时，我就闪开了那冒着白色泡沫的阴沟，我知道"冲"的时候就到了。

我只感到我的心脏在受着拥挤，好像我的脚跟并没有离开地面而自然它就会移动似的。我的耳边闹着许多种声音，那声音并不大，也不远，也不响亮，可觉得沉重，带来了压力，好像皮球被穿了一个小洞嘶嘶地在透着气似的，我对我自己毫没有把握。

"有决心没有？"

"有决心！"

"怕死不怕死？"

"不怕死。"

这还没有反复完，我们就退下来了。因为是听到了枪声，起初是一两声，而后是接连着。大队已经完全溃乱下来，只一秒钟，我们旁边那阴沟里，好像猪似的浮游着一些人。女同学被拥挤进去的最多，男同学在往岸上提着她们，被提的她们满身带着泡沫和气味，她们那发疯的样子很可笑，用那挂着白沫和糟粕的戴着手套的手搔着头发，还有的像已经癫痫的人似的，她在人群中不停地跑着：那被她擦过的人们，他们的衣服上就印着各种不同的花印。

大队又重新收拾起来，又发着号令，可是枪声又响了，对于枪声，人们像是看到了火花似的那么热烈。至于"打倒日本帝国主义"，"反对日本完成吉敦路"这事情的本身已经被人们忘记了，唯一所要打倒的就是滨江县政府。到后来连县政府也忘记了，只"打倒警察；打倒警察……"这一场斗争到后来我觉得比一开头还有趣味。在那时，"日本帝国主义"，我相信我绝对没有见过，但是警察我是见过的，于是我就嚷着："打倒警察，打倒警察！"

我手中的传单，我都顺着风让它们飘走了，只带着一张小白旗和自己的喉咙从那零散下来的人缝中穿过去。

那天受轻伤的共有二十几个。我所看到的只是从他们的身上流下来的血还凝结在石头道上。

满街开起电灯的夜晚，我在马车和货车的轮声里追着我们本校回去的队伍，但没有赶上。我就拿着那卷起来的小旗走在行人道上，我的影子混杂着别人的影子一起出现在商店的玻璃窗上，我每走一步，我看到了玻璃窗里我帽顶的毛球也在颤动一下。

男同学们偶尔从我的身边经过，我听到他们关于受伤的议论和救急车。

第二天的报纸上躺着那些受伤的同学们的照片，好像现在的报纸上躺的伤兵一样。

以后，那条铁路到底完成了。

四
只愿蓬勃生活在此刻

牙 粉 医 病 法

池田的袍子非常可笑,那么厚,那么圆,那么胖,而后又穿了一件单的短外套,那外套是工作服的样式,而且比袍子更宽。她说:"这多么奇怪!"

我说:"这还不算奇怪,最奇怪的是你再穿了那件灰布的棉外套,街上的人看了不知要说你是做什么的,看袍子像太太小姐,看外套像军人。"因为那棉外套是她借来的,是军用的衣服。她又穿了中国的长棉裤,又穿了中国的软底鞋。因为她是日本人,穿了道地的中国衣裳,是有点可笑。

"那就说你是从前线上退下来的好啦!并且说受了点伤。

现在还没有完全好,所以穿了这样宽的衣裳。"

她笑了:"是的,是……就说日本兵在这边用刺刀刺了一个洞……"

她假装用刺刀在手腕上刺了一个洞的样子。

"刺了一个洞,又怎样呢?"我问。

"刺了一个洞而后一吹,就把人吹胖啦。"她又说:"中国老百姓,一定相信。因为一切坏事,一切奇怪的事,日本人都做得出来。"

就像小孩子说的怪话一样,她自己也笑,我也笑。她笑得连杯子都举不起来的样子。

我和她是在吃茶。

"你觉得奇怪吗?这是没有的事吗?我的弟弟就被吹过……"

她一听我这话,笑得用了手巾揩着眼睛:"怎么!怎么!"

"真的,真被吹过……"我这故事不能开展下去,她在不住地笑,笑得咳嗽起来。

"你听我告诉你,那是在肚子上,可不是像你说的在手上……用一个一手指长,一分粗的玻璃管,这玻璃管就从肚脐下边一寸的地方刺进去。玻璃管连着一条好几尺长的胶皮管,胶皮管的另一头有一个茶杯一般大的漏斗,从那个漏斗吹进一壶冷水去,后来死啦。"

"被吹死啦……"很不容易抑止的大笑,她又开始了。

其实是从漏斗把冷水灌进去的,因为肚子渐渐地大起来,看去好像是被气吹起来的一样。

我费了很大工夫给她解说:"我的弟弟患的是黑死病,并且全个县城都在死亡的恐怖中。那是一种特别的治法,在医学上这种灌水法并不存在。"我又告诉她,我写《生死场》的时候把这段写上,鲁迅看了都莫明其妙,鲁迅先生是研究过医学的。他说:"在医学上可没有这样治疗法。"

既然这样说,我就更奇怪了,鲁迅先生研究过医学是真的,我的弟弟被冷水灌死了也是真的。

我又告诉池田,说那医生是天主教党的医生,是英国人。

"你觉得外国人可靠的,那不对,中国真是殖民地,他们跑到中国来试验来啦,你想肚子灌冷水,那怎么可以?帝国主义除了枪刀之外,他们还做老百姓所看不见的……他们把中国人就看成他们试验室里的动物一样。三百个人通通用一样方法治疗,其中死了一百五,活了一百五,或是活了一百死了二百,也或者通通死掉啦!这个他们不管,他们把中国人看成动物一样,……在他们自己的国家里,随便试验是不成的呀!"

我想,这也许吧!我的弟弟或者就是被试验死的。她的话,相信是相信了,因为她不懂得医学,所以我相信得并不十分确切。

"我告诉过你,我的父亲是军医,他到满洲去的时候,关于他在中国治病,写了很多日记。上边有德文,我在学德文时,我就拿他的日记看,上面写着关于黑死病,到满洲去试试看,用各种的药,用各种的方法试试看。"

"你想！这不是真的吗？还有啊！我父亲的朋友，每天到我们家来打麻将，他说：到中国去治病很不费事，因为中国人有很多的他们还没有吃过药，所以吃一点药无论什么病都治，给他们一点牙粉吃，头痛也好啦，肚子痛也好啦……"

这真是奇事，我从未听说过，怎么我们中国人是常常吃牙粉的吗？

又从吃牙粉谈到吃人肉，日本兵杀死老百姓或士兵，用火烤着吃了的故事，报纸上常常看见。这个我也相信。池田说："日本兵吃女人的肉是可能，他们把中国女人破坏之后，用刺刀杀死，一看女人的肉很白，很漂亮，用刺刀切下一块来，一定是几个人开玩笑，用火烤着吃一吃，因为他们今天活着，明天活不活着他们不知道，将来什么时候回家也不知道，是一种变态心理，……老百姓大概是他们不吃，那很脏的，皮肤也是黑的……而且每天要杀死很多……"

关于日本兵吃人肉的故事，我也相信了。就像中国人相信外国医生比中国医生好一样。

池田是生在帝国主义的家庭里，所以她懂得他们比我们懂得的更多。我们一走出那个吃茶店，玻璃窗子前面坐着的两个小孩，正在唱着："杀掉鬼子们的头……"其实鬼子真正厉害的地方他们还不知道呢！

回 忆 鲁 迅 先 生

  鲁迅先生的笑声是明朗的,是从心里的欢喜。若有人说了什么可笑的话,鲁迅先生笑得连烟卷都拿不住了,常常是笑得咳嗽起来。

  鲁迅先生走路很轻捷,尤其他人记得清楚的,是他刚抓起帽子来往头上一扣,同时左腿就伸出去了,仿佛不顾一切地走去。

  鲁迅先生不大注意人的衣裳,他说:"谁穿什么衣裳我看不见得……"

  鲁迅先生生的病,刚好了一点,他坐在躺椅上,抽着烟,那天我穿着新奇的大红的上衣,很宽的袖子。

  鲁迅先生说:"这天气闷热起来,这就是梅雨天。"他把他装在象牙烟嘴上的香烟,又用手装得紧一点,往下又说了别的。

  许先生忙着家务,跑来跑去,也没有对我的衣裳加以鉴赏。

  于是我说:"周先生,我的衣裳漂亮不漂亮?"

  鲁迅先生从上往下看了一眼:"不大漂亮。"

  过了一会又接着说:"你的裙子配的颜色不对,并不是红上衣不好看,各种颜色都是好看的,红上衣要配红裙子,不然就是黑裙子,咖啡色的就不行了;这两种颜色放在一起很浑浊……你没看到外国人在街上走的吗?绝没有下边穿一件绿裙子,上边穿一件紫上衣,也没有穿一件红裙子而后穿一件白上衣的……"

  鲁迅先生就在躺椅上看着我:"你这裙子是咖啡色的,还带格子,颜色浑浊得很,所以把红色衣裳也弄得不漂亮了。"

"……人瘦不要穿黑衣裳，人胖不要穿白衣裳；脚长的女人一定要穿黑鞋子，脚短就一定要穿白鞋子；方格子的衣裳胖人不能穿，但比横格子的还好；横格子的胖人穿上，就把胖子更往两边裂着，更横宽了，胖子要穿竖条子的，竖的把人显得长，横的把人显得宽……"

那天鲁迅先生很有兴致，把我一双短统靴子也略略批评一下，说我的短靴是军人穿的，因为靴子的前后都有一条线织的拉手，这拉手鲁迅先生说是放在裤子下边的……我说："周先生，为什么那靴子我穿了多久了而不告诉我，怎么现在才想起来呢？现在我不是不穿了吗？我穿的这不是另外的鞋吗？"

"你不穿我才说的，你穿的时候，我一说你该不穿了。"

那天下午要赴一个筵会去，我要许先生给我找一点布条或绸条束一束头发。许先生拿了来米色的绿色的还有桃红色的。经我和许先生共同选定的是米色的。为着取美，把那桃红色的，许先生举起来放在我的头发上，并且许先生很开心地说着："好看吧！多漂亮！"

我也非常得意，很规矩又顽皮地在等着鲁迅先生往这边看我们。

鲁迅先生这一看，脸是严肃的，他的眼皮往下一放向着我们这边看着："不要那样装饰她……"

许先生有点窘了。

我也安静下来。

鲁迅先生在北平教书时，从不发脾气，但常常好用这种眼光看人，许先生常跟我讲。

她在女师大读书时，周先生在课堂上，一生气就用眼睛往下一掠，看着他们，这种眼光是鲁迅先生在记范爱农先生的文字曾自己述说过，而谁曾接触过这种眼光的人就会感到一个时代的全智者的催逼。

我开始问："周先生怎么也晓得女人穿衣裳的这些事情呢？"

"看过书的，关于美学的。"

"什么时候看的……"

"大概是在日本读书的时候……"

"买的书吗？"

"不一定是买的，也许是从什么地方抓到就看的……"

"看了有趣味吗？"

"随便看看……"

"周先生看这书做什么？"

"……"没有回答，好像很难以答。

许先生在旁说："周先生什么书都看的。"

在鲁迅先生家里做客人，刚开始是从法租界来到虹口，搭电车也要差不多一个钟头的工夫，所以那时候来的次数比较少。记得有一次谈到半夜了，一过十二点电车就没有的，但那天不知讲了些什么，讲到一个段落就看看旁边小长桌上的圆钟，十一点半了，十一点四十五分了，电车没有了。

"反正已十二点，电车也没有，那么再坐一会。"许先生如此劝着。

鲁迅先生好像听了所讲的什么引起了幻想，安顿地举着象牙烟嘴在沉思着。

一点钟以后，送我（还有别的朋友）出来的是许先生，外边下着的蒙蒙的小雨，弄堂里灯光全然灭掉了，鲁迅先生嘱咐许先生一定让坐小汽车回去，并且一定嘱咐许先生付钱。

以后也住到北四川路来，就每夜饭后必到大陆新村来了，刮风的天，下雨的天，几乎没有间断的时候。

鲁迅先生很喜欢北方饭，还喜欢吃油炸的东西喜欢吃硬的东西，就是后来生病的时候，也不大吃牛奶。鸡汤端到旁边用调羹舀了一二下就算了事。

有一天约好我去包饺子吃，那还是住在法租界，所以带了外国酸菜和用绞肉机绞成的牛肉，就和许先生站在客厅后边的方桌边包起来。海婴公子围着闹得起劲，一会按成圆饼的面拿去了，他说做了一只船来，送在我们的眼前，我们不看他，转身他又做了一只小鸡。许先生和我都不去看他，对他竭力避免加以赞美，若一赞美起来，怕他更做得起劲。

客厅后边没到黄昏就先黑了,背上感到些微微的寒凉,知道衣裳不够了,但为着忙,没有加衣裳去。等把饺子包完了看看那数目并不多,这才知道许先生我们谈话谈得太多,误了工作。许先生怎样离开家的,怎样到天津读书的,在女师大读书时怎样做了家庭教师。她去考家庭教师的那一段描写,非常有趣,只取一名,可是考了好几十名,她之能够当选算是难的了。指望对于学费有点补助,冬天来了,北平又冷,那家离学校又远,每月除了车子钱之外,若伤风感冒还得自己拿出买阿司匹林的钱来,每月薪金十元要从西城跑到东城……

饺子煮好,一上楼梯,就听到楼上明朗的鲁迅先生的笑声冲下楼梯来,原来有几个朋友在楼上也正谈得热闹。那一天吃得是很好的。

以后我们又做过韭菜合子,又做过荷叶饼,我一提议鲁迅先生必然赞成,而我做得又不好,可是鲁迅还是在桌上举着筷子问许先生:"我再吃几个吗?"

因为鲁迅先生胃不大好,每饭后必吃"脾自美"药丸一二粒。

有一天下午鲁迅先生正在校对着瞿秋白的《海上述林》,我一走进卧室去,从那圆转椅上鲁迅先生转过来了,向着我,还微微站起了一点。

"好久不见,好久不见。"一边说着一边向我点头。

刚刚我不是来过了吗?怎么会好久不见?就是上午我来的那次周先生忘记了,可是我也每天来呀……怎么都忘记了吗?

周先生转身坐在躺椅上才自己笑起来,他是在开着玩笑。

梅雨季,很少有晴天,一天的上午刚一放晴,我高兴极了,就到鲁迅先生家去了,跑得上楼还喘着。鲁迅先生说:"来啦!"我说:"来啦!"我喘着连茶也喝不下。

鲁迅先生就问我:"有什么事吗?"

我说:"天晴啦,太阳出来啦。"

许先生和鲁迅先生都笑着,一种对于冲破忧郁心境的崭然的会心的笑。

海婴一看到我非拉我到院子里和他一道玩不可,拉我的头发或拉我的衣裳。

为什么他不拉别人呢？据周先生说："他看你梳着辫子，和他差不多，别人在他眼里都是大人，就看你小。"

许先生问着海婴："你为什么喜欢她呢？不喜欢别人？"

"她有小辫子。"说着就来拉我的头发。

鲁迅先生家生客人很少，几乎没有，尤其是住在他家里的人更没有。一个礼拜六的晚上，在二楼上鲁迅先生的卧室里摆好了晚饭，围着桌子坐满了人。每逢礼拜六晚上都是这样的，周建人先生带着全家来拜访的。在桌子边坐着一个很瘦的很高的穿着中国小背心的人，鲁迅先生介绍说："这是位同乡，是商人。"

初看似乎对的，穿着中国裤子，头发剃得很短。当吃饭时，他还让别人酒，也给我倒一盅，态度很活泼，不大像个商人；等吃完了饭，又谈到《伪自由书》及《二心集》。

这个商人，开明得很，在中国不常见。没有见过的就总不大放心。

下一次是在楼下客厅后的方桌上吃晚饭，那天很晴，一阵阵地刮着热风，虽然黄昏了，客厅后还不昏黑。鲁迅先生是新剪的头发，还能记得桌上有一盘黄花鱼，大概是顺着鲁迅先生的口味，是用油煎的。鲁迅先生前面摆着一碗酒，酒碗是扁扁的，好像用做吃饭的饭碗。那位商人先生也能喝酒，酒瓶就站在他的旁边。他说蒙古人什么样，苗人什么样，从西藏经过时，那西藏女人见了男人追她，她就如何如何。

这商人可古怪，怎么专门走地方，而不做买卖？并且鲁迅先生的书他也全读过，一开口这个，一开口那个。并且海婴叫他×先生，我一听那×字就明白他是谁了。×先生常常回来得很迟，从鲁迅先生家里出来，在弄堂里遇到了几次。

有一天晚上×先生从三楼下来，手里提着小箱子，身上穿着长袍子，站在鲁迅先生的面前，他说他要搬了。他告了辞，许先生送他下楼去了。这时候周先生在地板上绕了两个圈子，问我说："你看他到底是商人吗？"

155

"是的。"我说。

鲁迅先生很有意思地在地板上走几步,而后向我说:"他是贩卖私货的商人,是贩卖精神上的……"

×先生走过二万五千里回来的。

青年人写信,写得太草率,鲁迅先生是深恶痛绝之的。

"字不一定要写得好,但必须得使人一看了就认识,年轻人现在都太忙了……他自己赶快胡乱写完了事,别人看了三遍五遍看不明白,这费了多少工夫,他不管。反正这费了功夫不是他的。这存心是不太好的。"

但他还是展读着每封由不同角落里投来的青年的信,眼睛不济时,便戴起眼镜来看,常常看到夜里很深的时光。

鲁迅先生坐在××电影院楼上的第一排,那片名忘记了,新闻片是苏联纪念"五一"节的红场。

"这个我怕看不到的……你们将来可以看得到。"鲁迅先生向我们周围的人说。

珂勒惠支的画,鲁迅先生最佩服,同时也很佩服她的做人。珂勒惠支受希特拉的压迫,不准她做教授,不准她画画,鲁迅先生常讲到她。

史沫特莱,鲁迅先生也讲到,她是美国女子,帮助印度独立运动,现在又在援助中国。

鲁迅先生介绍人去看的电影:《夏伯阳》《复仇艳遇》……其余的如《人猿泰山》……或者非洲的怪兽这一类的影片,也常介绍给人的。鲁迅先生说:"电影没有什么好的,看看鸟兽之类倒可以增加些对于动物的知识。"

鲁迅先生不游公园,住在上海十年,兆丰公园没有进过。虹口公园这么近也没有进过。春天一到了,我常告诉周先生,我说公园里的土松软了,公园里的风多么柔和。周先生答应选个晴好的天气,选个礼拜日,海婴休假日,好一道去,坐一乘小汽车一直开到兆丰公园,也算是短途旅行。但这只是想着而未有做到,并且把公园给下了定义。鲁迅先生说:"公园的样子我知道的……一进门分做两条路,一条通左边,一条通右边,沿着路种着点柳树什么树的，树下摆着几张长椅子，再远一点有个水池子。"

我是去过兆丰公园的，也去过虹口公园或是法国公园的，仿佛这个定义适用在任何国度的公园设计者。

鲁迅先生不戴手套，不围围巾，冬天穿着黑土蓝的棉布袍子，头上戴着灰色毡帽，脚穿黑帆布胶皮底鞋。

胶皮底鞋夏天特别热，冬天又凉又湿，鲁迅先生的身体不算好，大家都提议把这鞋子换掉。鲁迅先生不肯，他说胶皮底鞋子走路方便。

"周先生一天走多少路呢？也不就一转弯到×××书店走一趟吗？"

鲁迅先生笑而不答。

"周先生不是很好伤风吗？不围巾子，风一吹不就伤风了吗？"

鲁迅先生这些个都不习惯，他说："从小就没戴过手套围巾，戴不惯。"

鲁迅先生一推开门从家里出来时，两只手露在外边，很宽的袖口冲着风就向前走，腋下夹着个黑绸子印花的包袱，里边包着书或者是信，到老靶子路书店去了。

那包袱每天出去必带出去，回来必带回来。出去时带着给青年们的信，回来又从书店带来新的信和青年请鲁迅先生看的稿子。

鲁迅先生抱着印花包袱从外边回来，还提着一把伞，一进门客厅早坐着客人，把伞挂在衣架上就陪客人谈起话来。谈了很久了，伞上的水滴顺着伞杆在地板上已经聚了一堆水。

鲁迅先生上楼去拿香烟，抱着印花包袱，而那把伞也没有忘记，顺手也带到楼上去。

鲁迅先生的记忆力非常之强，他的东西从不随便散置在任何地方。鲁迅先生很喜欢北方口味。许先生想请一个北方厨子，鲁迅先生以为开销太大，请不得的，男佣人，至少要十五元钱的工钱。

所以买米买炭都是许先生下手。我问许先生为什么用两个女佣人都是年老的，都是六七十岁的？许先生说她们做惯了，海婴的保姆，海婴几个月时就在这里。

正说着那矮胖胖的保姆走下楼梯来了,和我们打了个迎面。

"先生,没吃茶吗?"她赶快拿了杯子去倒茶,那刚刚下楼时气喘的声音还在喉管里咕噜咕噜的,她确实年老了。

来了客人,许先生没有不下厨房的,菜食很丰富,鱼、肉……都是用大碗装着,起码四五碗,多则七八碗。可是平常就只三碗菜:一碗素炒豌豆苗,一碗笋炒咸菜,再一碗黄花鱼。

这菜简单到极点。

鲁迅先生的原稿,在拉都路一家炸油条的那里用着包油条,我得到了一张,是译《死魂灵》的原稿,写信告诉了鲁迅先生。鲁迅先生不以为希奇,许先生倒很生气。

鲁迅先生出书的校样,都用来揩桌,或做什么的。请客人在家里吃饭,吃到半道,鲁迅先生回身去拿来校样给大家分着。客人接到手里一看,这怎么可以?鲁迅先生说:"擦一擦,拿着鸡吃,手是腻的。"

到洗澡间去,那边也摆着校样纸。

许先生从早晨忙到晚上,在楼下陪客人,一边还手里打着毛线。不然就是一边谈着话一边站起来用手摘掉花盆里花上已干枯了的叶子。许先生每送一个客人,都要送到楼下门口,替客人把门开开,客人走出去而后轻轻地关了门再上楼来。

来了客人还到街上去买鱼或买鸡,买回来还要到厨房里去工作。

鲁迅先生临时要寄一封信,就得许先生换起皮鞋子来到邮局或者大陆新村旁边信筒那里去。落着雨天,许先生就打起伞来。

许先生是忙的,许先生的笑是愉快的,但是头发有一些是白了的。

夜里去看电影,施高塔路的汽车房只有一辆车,鲁迅先生一定不坐,一定让我们坐。

许先生,周建人夫人……海婴,周建人先生的三位女公子。我们上车了。

鲁迅先生和周建人先生，还有别的一二位朋友在后边。

看完了电影出来，又只叫到一部汽车，鲁迅先生又一定不肯坐，让周建人先生的全家坐着先走了。

鲁迅先生旁边走着海婴，过了苏州河的大桥去等电车去了。等了二三十分钟电车还没有来，鲁迅先生依着沿苏州河的铁栏杆坐在桥边的石围上了，并且拿出香烟来，装上烟嘴，悠然地吸着烟。

海婴不安地来回地乱跑，鲁迅先生还招呼他和自己并排坐下。

鲁迅先生坐在那和一个乡下的安静老人一样。

鲁迅先生吃的是清茶，其余不吃别的饮料。咖啡、可可、牛奶、汽水之类，家里都不预备。

鲁迅先生陪客人到深夜，必同客人一道吃些点心。那饼干就是从铺子里买来的，装在饼干盒子里，到夜深许先生拿着碟子取出来，摆在鲁迅先生的书桌上。吃完了，许先生打开立柜再取一碟。还有向日葵子差不多每来客人必不可少。鲁迅先生一边抽着烟，一边剥着瓜子吃，吃完了一碟鲁迅先生必请许先生再拿一碟来。

鲁迅先生备有两种纸烟，一种价钱贵的，一种便宜的。便宜的是绿听子的，我不认识那是什么牌子，只记得烟头上带着黄纸的嘴，每五十支的价钱大概是四角到五角，是鲁迅先生自己平日用的。另一种是白听子的，是前门烟，用来招待客人的，白听烟放在鲁迅先生书桌的抽屉里。来客人鲁迅先生下楼，把它带到楼下去，客人走了，又带回楼上来照样放在抽屉里。而绿听子的永远放在书桌上，是鲁迅先生随时吸着的。

鲁迅先生的休息，不听留声机，不出去散步，也不倒在床上睡觉，鲁迅先生自己说："坐在椅子上翻一翻书就是休息了。"

鲁迅先生从下午二三点钟起就陪客人，陪到五点钟，陪到六点钟，客人若在家吃饭，吃完饭又必要在一起喝茶，或者刚刚吃完茶走了，或者还没走又来了客人，于是又陪下去，陪到八点钟，十点钟，常常陪到十二点钟。从下午三点钟起，陪到夜里十二点，这么长的时间，鲁迅先生都是坐在藤躺椅上，不断地吸着烟。

客人一走，已经是下半夜了，本来已经是睡觉的时候了，可是鲁迅先生正要开始工作。

在工作之前，他稍微阖一阖眼睛，燃起一支烟来，躺在床边上，这一支烟还没有吸完，许先生差不多就在床里边睡着了。（许先生为什么睡得这样快？因为第二天早晨六七点钟就要来管理家务。）海婴这时在三楼和保姆一道睡着了。

全楼都寂静下去，窗外也一点声音没有了，鲁迅先生站起来，坐到书桌边，在那绿色的台灯下开始写文章了。许先生说鸡鸣的时候，鲁迅先生还是坐着，街上的汽车嘟嘟地叫起来了，鲁迅先生还是坐着。

有时许先生醒了，看着玻璃窗白萨萨的了，灯光也不显得怎么亮了，鲁迅先生的背影不像夜里那样高大。

鲁迅先生的背影是灰黑色的，仍旧坐在那里。

人家都起来了，鲁迅先生才睡下。

海婴从三楼下来了，背着书包，保姆送他到学校去，经过鲁迅先生的门前，保姆总是吩咐他说："轻一点走，轻一点走。"

鲁迅先生刚一睡下，太阳就高起来了，太阳照着隔院子的人家，明亮亮的，照着鲁迅先生花园的夹竹桃，明亮亮的。

鲁迅先生的书桌整整齐齐的，写好的文章压在书下边，毛笔在烧瓷的小龟背上站着。

一双拖鞋停在床下，鲁迅先生在枕头上边睡着了。

鲁迅先生喜欢吃一点酒，但是不多吃，吃半小碗或一碗。

鲁迅先生吃的是中国酒，多半是花雕。

老靶子路有一家小吃茶店，只有门面一间，在门面里边设座，座少，安静，光线不充足，有些冷落。鲁迅先生常到这里吃茶店来，有约会多半是在这里边，老板是犹太也许是白俄，胖胖的，中国话大概他听不懂。

鲁迅先生这一位老人，穿着布袍子，有时到这里来，泡一壶红茶，和青年人坐在一道谈了一两个钟头。

有一天鲁迅先生的背后那茶座里边坐着一位摩登女子,身穿紫裙子黄衣裳,头戴花帽子……那女子临走时,鲁迅先生一看她,用眼瞪着她,很生气地看了她半天。而后说:"是做什么的呢?"

鲁迅先生对于穿着紫裙子黄衣裳,花帽子的人就是这样看法的。

鬼到底是有的没有的?传说上有人见过,还跟鬼说过话,还有人被鬼在后边追赶过,吊死鬼一见了人就贴在墙上。但没有一个人捉住一个鬼给大家看看。

鲁迅先生讲了他看见过鬼的故事给大家听:"是在绍兴……"鲁迅先生说,"三十年前……"

那时鲁迅先生从日本读书回来,在一个师范学堂里也不知是什么学堂里教书,晚上没有事时,鲁迅先生总是到朋友家去谈天。这朋友住的离学堂几里路,几里路不算远,但必得经过一片坟地。谈天有的时候就谈得晚了,十一二点钟才回学堂的事也常有,有一天鲁迅先生就回去得很晚,天空有很大的月亮。

鲁迅先生向着归路走得很起劲时,往远处一看,远远有一个白影。

鲁迅先生不相信鬼的,在日本留学时是学的医,常常把死人抬来解剖的,鲁迅先生解剖过二十几个,不但不怕鬼,对死人也不怕,所以对坟地也就根本不怕。仍旧是向前走的。

走了不几步,那远处的白影没有了,再看突然又有了。并且时小时大,时高时低,正和鬼一样。鬼不就是变幻无常的吗?

鲁迅先生有点踌躇了,到底向前走呢?还是回过头来走?

本来回学堂不止这一条路,这不过是最近的一条就是了。

鲁迅先生仍是向前走,到底要看一看鬼是什么样,虽然那时候也怕了。

鲁迅先生那时从日本回来不久,所以还穿着硬底皮鞋。鲁迅先生决心要给那鬼一个致命的打击,等走到那白影旁边时,那白影缩小了,蹲下了,一声不响地靠住了一个坟堆。

鲁迅先生就用了他的硬皮鞋踢了出去。

那白影"噢"的一声叫起来，随着就站起来，鲁迅先生定眼看去，他却是个人。

鲁迅先生说在他踢的时候，他是很害怕的，好像若一下不把那东西踢死，自己反而会遭殃的，所以用了全力踢出去。

原来是个盗墓子的人在坟场上半夜做着工作。

鲁迅先生说到这里就笑了起来。

"鬼也是怕踢的，踢他一脚就立刻变成人了。"

我想，倘若是鬼常常让鲁迅先生踢踢倒是好的，因为给了他一个做人的机会。

从福建菜馆叫的菜，有一碗鱼做的丸子。

海婴一吃就说不新鲜，许先生不信，别的人也都不信。因为那丸子有的新鲜，有的不新鲜，别人吃到嘴里的恰好都是没有改味的。

许先生又给海婴一个，海婴一吃，又不是好的，他又嚷嚷着。别人都不注意，鲁迅先生把海婴碟里的拿来尝尝，果然不是新鲜的。鲁迅先生说："他说不新鲜，一定也有他的道理，不加以查看就抹杀是不对的。"

以后我想起这件事来，私下和许先生谈过，许先生说："周先生的做人，真是我们学不了的。哪怕一点点小事。"

鲁迅先生包一个纸包也要包得整整齐齐，常常把要寄出的书，鲁迅先生从许先生手里拿过来自己包，许先生本来包得多么好，而鲁迅先生还要亲自动手。

鲁迅先生把书包好了，用细绳捆上，那包方方正正的，连一个角也不准歪一点或扁一点，而后拿着剪刀，把捆书的那绳头都剪得整整齐齐。

就是包这书的纸都不是新的，都是从街上买东西回来留下来的。许先生上街回来把买来的东西一打开随手就把包东西的牛皮纸折起来，随手把小细绳卷了一个卷。若小细绳上有一个疙瘩，也要随手把它解开的。准备着随时用随时方便。

鲁迅先生住的是大陆新村九号。

一进弄堂口，满地铺着大方块的水门汀，院子里不怎样嘈杂，从这院子出入的有时候是外国人，也能够看到外国小孩在院子里零星地玩着。

鲁迅先生隔壁挂着一块大的牌子，上面写着一个"茶"字。

在一九三五年十月一日。

鲁迅先生的客厅里摆着长桌，长桌是黑色的，油漆不十分新鲜，但也并不破旧，桌上没有铺什么桌布，只在长桌的当心摆着一个绿豆青色的花瓶，花瓶里长着几株大叶子的万年青。围着长桌有七八张木椅子。尤其是在夜里，全弄堂一点什么声音也听不到。

那夜，就和鲁迅先生和许先生一道坐在长桌旁边喝茶的。当夜谈了许多关于伪满洲国的事情从饭后谈起，一直谈到九点钟十点钟而后到十一点钟。时时想退出来，让鲁迅先生好早点休息，因为我看出来鲁迅先生身体不大好，又加上听许先生说过，鲁迅先生伤风了一个多月，刚好了的。

但鲁迅先生并没有疲倦的样子。虽然客厅里也摆着一张可以卧倒的藤椅，我们劝他几次想让他坐在藤椅上休息一下，但是他没有去，仍旧坐在椅子上。并且还上楼一次，去加穿了一件皮袍子。

那夜鲁迅先生到底讲了些什么，现在记不起来了。也许想起来的不是那夜讲的而是以后讲的也说不定。过了十一点，天就落雨了，雨点淅沥淅沥地打在玻璃窗上，窗子没有窗帘，所以偶一回头，就看到玻璃窗上有小水流往下流。夜已深了，并且落了雨，心里十分着急，几次站起来想要走，但是鲁迅先生和许先生一再说再坐一下："十二点以前终归有车子可搭的。"所以一直坐到将近十二点，才穿起雨衣来，打开客厅外边的响着的铁门，鲁迅先生非要送到铁门外不可。我想为什么他一定要送呢？对于这样年轻的客人，这样的送是应该的吗？雨不会打湿了头发，受了寒伤风不又要继续下去吗？站在铁门外边，鲁迅先生说，并且指着隔壁那家写着"茶"字的大牌子："下次来记住这个'茶'字，就是这个'茶'的隔壁。"而且伸出手去，几乎是触到了钉在锁门旁边的那个九号的'九'字，"下次来记住茶的旁边九号。"

于是脚踏着方块的水门汀，走出弄堂来，回过身去往院子里边看了一看，鲁迅先生那一排房子统统是黑洞洞的，若不是告诉的那样清楚，下次来恐怕要记不住的。

鲁迅先生的卧室，一张铁架大床，床顶上遮着许先生亲手做的白布刺花的围子，顺着床的一边折着两床被子，都是很厚的，是花洋布的被面。挨着门口的床头的方面站着抽屉柜。一进门的左手摆着八仙桌，桌子的两旁藤椅各一，立柜站在和方桌一排的墙角，立柜本是挂衣服的，衣裳却很少，都让糖盒子、饼干桶子、瓜子罐给塞满了。有一次××老板的太太来拿版权的图章花，鲁迅先生就从立柜下边大抽屉里取出的。沿着墙角往窗子那边走，有一张装饰台，桌子上有一个方形的满浮着绿草的玻璃养鱼池，里边游着的不是金鱼而是灰色的扁肚子的小鱼。除了鱼池之外另有一只圆的表，其余那上边满装着书。铁床架靠窗子的那头的书柜里书柜外都是书。最后是鲁迅先生的写字台，那上边也都是书。

鲁迅先生家里，从楼上到楼下，没有一个沙发。鲁迅先生工作时坐的椅子是硬的，到楼下陪客人时坐的椅子又是硬的。

鲁迅先生的写字台面向着窗子，上海弄堂房子的窗子差不多满一面墙那么大，鲁迅先生把它关起来，因为鲁迅先生工作起来有一个习惯，怕吹风，风一吹，纸就动，时时防备着纸跑，文章就写不好。所以屋子里热得和蒸笼似的，请鲁迅先生到楼下去，他又不肯，鲁迅先生的习惯是不换地方。有时太阳照进来，许先生劝他把书桌移开一点都不肯。只有满身流汗。

鲁迅先生的写字桌，铺了张蓝格子的油漆布。四角都用图钉按着。桌子上有小砚台一方，墨一块，毛笔站在笔架上。笔架是烧瓷的，在我看来不很细致，是一个龟，龟背上带着好几个洞，笔就插在那洞里。鲁迅先生多半是用毛笔的，钢笔也不是没有，是放在抽屉里。桌上有一个方大的白瓷的烟灰盒，还有一个茶杯，杯子上戴着盖。

鲁迅先生的习惯与别人不同，写文章用的材料和来信都压在桌子上，把桌子都压得满满的，几乎只有写字的地方可以伸开手，其余桌子的一半被书或纸张占有着。

左手边的桌角上有一个带绿灯罩的台灯，那灯泡是横着装的，在上海那是极普通的台灯。

冬天在楼上吃饭，鲁迅先生自己拉着电线把台灯的机关从棚顶的灯头上拔下，而后装上灯泡子。等饭吃过，许先生再把电线装起来，鲁迅先生的台灯就是这样做成的，拖着一根长长的电线在棚顶上。

鲁迅先生的文章，多半是在这台灯下写。因为鲁迅先生的工作时间，多半是下半夜一两点起，天将明了休息。

卧室就是如此，墙上挂着海婴公子一个月婴孩的油画像。

挨着卧室的后楼里边，完全是书了，不十分整齐，报纸和杂志或洋装的书，都混在这间屋子里，一走进去多少还有些纸张气味。地板被书遮盖得太小了，几乎没有了，大网篮也堆在书中。墙上拉着一条绳子或者是铁丝，就在那上边系了小提盒、铁丝笼之类。

风干荸荠就盛在铁丝笼，扯着的那铁丝几乎被压断了在弯弯着。一推开藏书室的窗子，窗子外边还挂着一筐风干荸荠。

"吃吧，多得很，风干的，格外甜。"许先生说。

楼下厨房传来了煎菜的锅铲的响声，并且两个年老的娘姨慢重重地在讲一些什么。

厨房是家庭最热闹的一部分。整个三层楼都是静静的，喊娘姨的声音没有，在楼梯上跑来跑去的声音没有。鲁迅先生家里五六间房子只住着五个人，三位是先生的全家，余下的二位是年老的女佣人。

来了客人都是许先生亲自倒茶，即或是麻烦到娘姨时，也是许先生下楼去吩咐，绝没有站到楼梯口就大声呼唤的时候。

所以整个房子都在静悄悄之中。

只有厨房比较热闹了一点，自来水哗哗地流着，洋瓷盆在水门汀的水池子上每拖一下磨着嚓嚓地响，洗米的声音也是嚓嚓的。鲁迅先生很喜欢吃竹笋的，在菜板上切着笋片笋丝时，刀刃每划下去都是很响的。其实比起别人家的厨房来却冷清极了，所以洗米声和切笋声都分开来听得样样清清晰晰。

客厅的一边摆着并排的两个书架，书架是带玻璃橱的，里边有朵斯托益夫斯基的全集和别的外国作家的全集，大半都是日文译本。地板上没有地毯，但擦得非常干净。

海婴公子的玩具橱也站在客厅里，里边是些毛猴子、橡皮人、火车汽车之类，里边装的满满的，别人是数不清的，只有海婴自己伸手到里边找些什么就有什么。过新年时在街上买的兔子灯，纸毛上已经落了灰尘了，仍摆在玩具橱顶上。

客厅只有一个灯头，大概五十烛光。客厅的后门对着上楼的楼梯，前门一打开有一个一方丈大小的花园，花园里没有什么花看，只有一株很高的七八尺高的小树，大概那树是柳桃，一到了春天，喜欢生长蚜虫，忙得许先生拿着喷蚊虫的机器，一边陪着谈话，一边喷着杀虫药水。沿着墙根，种了一排玉米，许先生说："这玉米长不大的，这土是没有养料的，海婴一定要种。"

春天，海婴在花园里掘着泥沙，培植着各种玩艺。

三楼则特别静了，向着太阳开着两扇玻璃门，门外有一个水门汀的突出的小廊子，春天很温暖地抚摸着门口长垂着的帘子，有时帘子被风打得很高，飘扬的饱满的和大鱼泡似的。那时候隔院的绿树照进玻璃门扇里边来了。

海婴坐在地板上装着小工程师在修着一座楼房，他那楼房是用椅子横倒了架起来修的，而后遮起一张被单来算作屋瓦，全个房子在他自己拍着手的赞誉声中完成了。

这间屋感到些空旷和寂寞，既不像女工住的屋子，又不像儿童室。海婴的眠床靠着屋子的一边放着，那大圆顶帐子日里也不打起来，长拖拖地好像从栅顶一直拖到地板上，那床是非常讲究的，属于刻花的木器一类的。许先生讲过，租这房子时，从前一个房客转留下来的。海婴和他的保姆，就睡在五六尺宽的大床上。

冬天烧过的火炉,三月里还冷冰冰地在地板上站着。

海婴不大在三楼上玩的,除了到学校去,就是在院里踏脚踏车,他非常欢喜跑跳,所以厨房、客厅、二楼,他是无处不跑的。

三楼整天在高处空着,三楼的后楼住着另一个老女工,一天很少上楼来,所以楼梯擦过之后,一天到晚干净得溜明。

一九三六年三月里鲁迅先生病了,靠在二楼的躺椅上,心脏跳动得比平日厉害,脸色微灰了一点。

许先生正相反的,脸色是红的,眼睛显得大了,讲话的声音是平静的,态度并没有比平日慌张。在楼下一走进客厅来许先生就告诉说:"周先生病了,气喘……喘得厉害,在楼上靠在躺椅上。"

鲁迅先生呼喘的声音,不用走到他的旁边,一进了卧室就听得到的。鼻子和胡须在扇着,胸部一起一落。眼睛闭着,差不多永久不离开手的纸烟,也放弃了。藤椅后边靠着枕头,鲁迅先生的头有些向后,两只手空闲地垂着。眉头仍和平日一样没有聚皱,脸上是平静的,舒展的,似乎并没有任何痛苦加在身上。

"来了吧?"鲁迅先生睁一睁眼睛,"不小心,着了凉呼吸困难……到藏书的房子去翻一翻书……那房子因为没有人住,特别凉……回来就……"

许先生看周先生说话吃力,赶紧接着说周先生是怎样气喘的。

医生看过了,吃了药,但喘并未停。下午医生又来过,刚刚走。

卧室在黄昏里边一点一点地暗下去,外边起了一点小风,隔院的树被风摇着发响。

别人家的窗子有的被风打着发出自动关开的响声,家家的流水道都是哗啦哗啦的响着水声,一定是晚餐之后洗着杯盘的剩水。晚餐后该散步的散步去了,该会朋友的会友了,弄堂里来去的稀疏不断地走着人,而娘姨们还没有解掉围裙呢,就依着后门彼此搭讪起来。小孩子们三五一伙前门后门地跑着,弄堂外汽车穿来穿去。

鲁迅先生坐在躺椅上,沉静地,不动地阖着眼睛,略微灰了的脸色被炉里的火染红了一点。纸烟听子蹲在书桌上，盖着盖子，茶杯也蹲在桌子上。

许先生轻轻地在楼梯上走着，许先生一到楼下去，二楼就只剩了鲁迅先生一个人坐在椅子上，呼喘把鲁迅先生的胸部有规律性地抬得高高的。

"鲁迅先生必得休息的，"须藤医生这样说的。可是鲁迅先生从此不但没有休息，并且脑子里所想的更多了，要做的事情都像非立刻就做不可，校《海上述林》的校样，印珂勒惠支的画，翻译《死魂灵》下部，刚好了，这些就都一起开始了，还计算着出三十年集（即《鲁迅全集》）。

鲁迅先生感到自己的身体不好，就更没有时间注意身体，所以要多做，赶快做。当时大家不解其中的意思，都以为鲁迅先生不加以休息不以为然，后来读了鲁迅先生《死》的那篇文章才了然了。

鲁迅先生知道自己的健康不成了，工作的时间没有几年了，死了是不要紧的，只要留给人类更多，鲁迅先生就是这样。

不久书桌上德文字典和日文字典都摆起来了，果戈里的《死魂灵》，又开始翻译了。

鲁迅先生的身体不大好，容易伤风，伤风之后，照常要陪客人，回信，校稿子。所以伤风之后总要拖下去一个月或半个月的。

瞿秋白的《海上述林》校样，一九三五年冬，一九三六年的春天，鲁迅先生不断地校着，几十万字的校样，要看三遍，而印刷所送校样来总是十页八页的，并不是统统一道地送来，所以鲁迅先生不断地被这校样催索着，鲁迅先生竟说："看吧，一边陪着你们谈话，一边看校样，眼睛可以看，耳朵可以听……"

有时客人来了，一边说着笑话，鲁迅先生一边放下了笔。

有的时候也说："几个字了……请坐一坐……"

一九三五年冬天许先生说："周先生的身体是不如从前了。"

有一次鲁迅先生到饭馆里去请客，来的时候兴致很好，还记得那次吃了一只烤鸭子，整个的鸭子用大钢叉子叉上来时，大家看这鸭子烤得又油又亮的，鲁迅先生也笑了。

168

菜刚上满了，鲁迅先生就到躺椅上吸一支烟，并且阖一阖眼睛。一吃完了饭，有的喝了酒的，大家都闹乱了起来，彼此抢着苹果，彼此讽刺着玩，说着一些人可笑的话。

而鲁迅先生这时候，坐在躺椅上，阖着眼睛，很庄严地在沉默着，让拿在手上纸烟的烟丝，袅袅地上升着。

别人以为鲁迅先生也是喝多了酒吧！

许先生说，并不的。

"周先生的身体是不如从前了，吃过了饭总要闭一闭眼睛稍微休息一下，从前一向没有这习惯。"

周先生从椅子上站起来了，大概说他喝多了酒的话让他听到了。

"我不多喝酒的。小的时候，母亲常提到父亲喝了酒，脾气怎样坏，母亲说，长大了不要喝酒，不要像父亲那样子……所以我不多喝的……从来没喝醉过……"

鲁迅先生休息好了，换了一支烟，站起来也去拿苹果吃，可是苹果没有了。鲁迅先生说："我争不过你们了，苹果让你们抢没了。"

有人抢到手的还在保存着的苹果，奉献出来，鲁迅先生没有吃，只在吸烟。

一九三六年春，鲁迅先生的身体不大好，但没有什么病，吃过了夜饭，坐在躺椅上，总要闭一闭眼睛沉静一会。

许先生对我说，周先生在北平时，有时开着玩笑，手按着桌子一跃就能够跃过去，而近年来没有这么做过。大概没有以前那么灵便了。

这话许先生和我是私下讲的：鲁迅先生没有听见，仍靠在躺椅上沉默着呢。

许先生开了火炉门，装着煤炭哗哗地响，把鲁迅先生震醒了。一讲起话来鲁迅先生的精神又照常一样。

鲁迅先生睡在二楼的床上已经一个多月了，气喘虽然停止。但每天发热，尤其是在下午热度总在三十八度三十九度之间，有时也到三十九度多，那时鲁迅先生的脸是微红的,目力是疲弱的,不吃东西,不大多睡,没有一些呻吟,似乎全身都没有什么痛楚的地方。躺在床上的时候张开眼睛看着,有的时候似睡非睡的安静地躺着,茶吃得很少。

差不多一刻也不停地吸烟,而今几乎完全放弃了,纸烟听子不放在床边,而仍很远地蹲在书桌上,若想吸一支,是请许先生付给的。

许先生从鲁迅先生病起,更过度地忙了。按着时间给鲁迅先生吃药,按着时间给鲁迅先生试温度表,试过了之后还要把一张医生发给的表格填好,那表格是一张硬纸,上面画了无数根线,许先生就在这张纸上拿着米度尺画着度数,那表画得和尖尖的小山丘似的,又像尖尖的水晶石,高的低的一排连地站着。许先生虽每天画,但那像是一条接连不断的线,不过从低处到高处,从高处到低处,这高峰越高越不好,也就是鲁迅先生的热度越高了。

来看鲁迅先生的人,多半都不到楼上来了,为的请鲁迅先生好好地静养,所以把客人这些事也推到许先生身上来了。还有书、报、信,都要许先生看过,必要的就告诉鲁迅先生,不十分必要的,就先把它放在一处放一放,等鲁迅先生好些了再取出来交给他。

然而这家庭里边还有许多琐事,比方年老的娘姨病了,要请两天假;海婴的牙齿脱掉一个要到牙医那里去看过,但是带他去的人没有,又得许先生。海婴在幼稚园里读书,又是买铅笔,买皮球,还有临时出些花头,跑上楼来了,说要吃什么花生糖,什么牛奶糖,他上楼来是一边跑着一边喊着,许先生连忙拉住了他,拉他下了楼才跟他讲:"爸爸病啦,"而后拿出钱来,嘱咐好了娘姨,只买几块糖而不准让他格外地多买。

收电灯费的来了,在楼下一打门,许先生就得赶快往楼下跑,怕的是再多打几下,就要惊醒了鲁迅先生。

海婴最喜欢听讲故事,这也是无限的麻烦,许先生除了陪海婴讲故事之外,还要在长桌上偷一点工夫来看鲁迅先生为有病耽搁下来尚未校完的校样。

在这期间,许先生比鲁迅先生更要担当一切了。

鲁迅先生吃饭，是在楼上单开一桌，那仅仅是一个方木桌，许先生每餐亲手端到楼上去，每样都用小吃碟盛着，那小吃碟直径不过二寸，一碟豌豆苗或菠菜或苋菜，把黄花鱼或者鸡之类也放在小碟里端上楼去。若是鸡，那鸡也是全鸡身上最好的一块地方拣下来的肉；若是鱼，也是鱼身上最好一部分，许先生才把它拣下放在小碟里。

许先生用筷子来回地翻着楼下的饭桌上菜碗里的东西，菜拣嫩的，不要茎，只要叶，鱼肉之类，拣烧得软的，没有骨头没有刺的。

心里存着无限的期望，无限的要求，用了比祈祷更虔诚的目光，许先生看着她自己手里选得精精致致的菜盘子，而后脚板触了楼梯上了楼。

希望鲁迅先生多吃一口，多动一动筷，多喝一口鸡汤。鸡汤和牛奶是医生所嘱的，一定要多吃一些的。

把饭送上去，有时许先生陪在旁边，有时走下楼来又做些别的事，半个钟头之后，到楼上去取这盘子。这盘子装得满满的，有时竟照原样一动也没有动又端下来了，这时候许先生的眉头微微地皱了一点。旁边若有什么朋友，许先生就说："周先生的热度高，什么也吃不落，连茶也不愿意吃，人很苦，人很吃力。"

有一天许先生用波浪式的专门切面包的刀切着面包，是在客厅后边方桌上切的，许先生一边切着一边对我说："劝周先生多吃东西，周先生说，人好了再保养，现在勉强吃也是没有用的。"

许先生接着似乎问着我："这也是对的？"

而后把牛奶面包送上楼去了。一碗烧好的鸡汤，从方盘里许先生把它端出来了，就摆在客厅后的方桌上。许先生上楼去了，那碗热的鸡汤在方桌上自己悠然地冒着热气。

许先生由楼上回来还说呢："周先生平常就不喜欢吃汤之类，在病里，更勉强不下了。"

许先生似乎安慰着自己似的。

"周先生人强，喜欢吃硬的，油炸的，就是吃饭也喜欢吃硬饭……"

许先生楼上楼下地跑，呼吸有些不平静，坐在她旁边，似乎可以听到她心脏的跳动。

鲁迅先生开始独桌吃饭以后，客人多半不上楼来了，经许先生婉言把鲁迅先生健康的经过报告了之后就走了。

鲁迅先生在楼上一天一天地睡下去，睡了许多日子，都寂寞了，有时大概热度低了点就问许先生："什么人来过吗？"

看鲁迅先生好些，就一一地报告过。

有时也问到有什么刊物来吗？

鲁迅先生病了一个多月了。

证明了鲁迅先生是肺病，并且是肋膜炎，须藤老医生每天来了，为鲁迅先生把肋膜积水用打针的方法抽净，共抽过两三次。

这样的病，为什么鲁迅先生一点也不晓得呢？许先生说，周先生有时觉得肋痛了就自己忍着不说，所以连许先生也不知道，鲁迅先生怕别人晓得了又要不放心，又要看医生，医生一定又要说休息。鲁迅先生自己知道做不到的。

福民医院美国医生的检查，说鲁迅先生肺病已经二十年了。这次发了怕是很严重。

医生规定个日子，请鲁迅先生到福民医院去详细检查，要照X光的。但鲁迅先生当时就下楼是下不得的，又过了许多天，鲁迅先生到福民医院去检查病去了。照X光后给鲁迅先生照了一个全部的肺部的照片。

这照片取来的那天许先生在楼下给大家看了，右肺的上尖是黑的，中部也黑了一块，左肺的下半部都不大好，而沿着左肺的边边黑了一大圈。

这之后，鲁迅先生的热度仍高，若再这样热度不退，就很难抵抗了。

那查病的美国医生，只查病，而不给药吃，他相信药是没有用的。

须藤老医生，鲁迅先生早就认识，所以每天来，他给鲁迅先生吃了些退热药，还吃停止肺病菌活动的药。他说若肺不再坏下去，就停止在这里，热自然就退了，人是不危险的。

在楼下的客厅里,许先生哭了。许先生手里拿着一团毛线,那是海婴的毛线衣拆了洗过之后又团起来的。

鲁迅先生在无欲望状态中,什么也不吃,什么也不想,睡觉似睡非睡的。

天气热起来了,客厅的门窗都打开着,阳光跳跃在门外的花园里。麻雀来了停在夹竹桃上叫了三两声就飞去,院子里的小孩们唧唧喳喳地玩耍着,风吹进来好像带着热气,扑到人的身上,天气刚刚发芽的春天,变为夏天了。

楼上老医生和鲁迅先生谈话的声音隐约可以听到。

楼下又来客人,来的人总要问:"周先生好一点吗?"

许先生照常说:"还是那样子。"

但今天说了眼泪又流了满脸。一边拿起杯子来给客人倒茶,一边用左手拿着手帕按着鼻子。

客人问:"周先生又不大好吗?"

许先生说:"没有的,是我心窄。"

过了一会鲁迅先生要找什么东西,喊许先生上楼去,许先生连忙擦着眼睛,想说她不上楼的,但左右看了一看,没有人能代替了她,于是带着她那团还没有缠完的毛线球上楼去了。

楼上坐着老医生,还有两位探望鲁迅先生的客人。许先生一看了他们就自己低了头不好意思地笑了,她不敢到鲁迅先生的面前去,背转着身问鲁迅先生要什么呢,而后又是慌忙地把线缕挂在手上缠了起来。

一直到送老医生下楼,许先生都是把背向着鲁迅先生而站着的。

每次老医生走,许先生都是替老医生提着皮提包送到前门外的。许先生愉快地、沉静地带着笑容打开铁门闩,很恭敬地把皮包交给老医生,眼看着老医生走了才进来关了门。

这老医生出入在鲁迅先生的家里,连老娘姨对他都是尊敬的,医生从楼上下来时,娘姨若在楼梯的半道,赶快下来躲开,站到楼梯的旁边。有一天老娘姨端着一个杯子上楼,楼上医生和许先生一道下来了,那老娘姨躲闪不灵,急得把杯里的茶都颠出来了。

等医生走过去,已经走出了前门,老娘姨还在那里呆呆地望着。

"周先生好了点吧?"

有一天许先生不在家,我问着老娘姨。她说:"谁晓得,医生天天看过了不声不响地就走了。"

可见老娘姨对医生每天是怀着期望的眼光看着他的。

许先生很镇静,没有紊乱的神色,虽然说那天当着人哭过一次,但该做什么,仍是做什么,毛线该洗的,已经洗了,晒的已经晒起,晒干了的随手就把它团起团子。

"海婴的毛线衣,每年拆一次,洗过之后再重打起,人一年一年地长,衣裳一年穿过,一年就小了。"

在楼下陪着熟的客人,一边谈着,一边开始手里动着竹针。

这种事情许先生是偷空就做的,夏天就开始预备着冬天的,冬天就做夏天的。

许先生自己常常说:"我是无事忙。"

这话很客气,但忙是真的,每一餐饭,都好像没有安静地吃过。海婴一会要这个,要那个;若一有客人,上街临时买菜,下厨房煎炒还不说,就是摆到桌子上来,还要从菜碗里为着客人选好的夹过去。饭后又是吃水果,若吃苹果还要把皮削掉,若吃荸荠看客人削得慢而不好也要削了送给客人吃,那时鲁迅先生还没有生病。

许先生除了打毛线衣之外,还用机器缝衣裳,剪裁了许多件海婴的内衫裤在窗下缝。

因此许先生对自己忽略了,每天上下楼跑着,所穿的衣裳都是旧的,次数洗得太多,纽扣都洗脱了,也磨破了,都是几年前的旧衣裳,春天时许先生穿了一个紫红宁绸袍子,那料子是海婴在婴孩时候别人送给海婴做被子的礼物。做被子,许先生说很可惜,就拣起来做一件袍子。正说着,海婴来了，许先生使眼神，且不要提到，若提到海婴又要麻烦起来了，一要说是他的，他就要要。

许先生冬天穿一双大棉鞋，是她自己做的。一直到二三月早晚冷时还穿着。

有一次我和许先生在小花园里拍一张照片，许先生说她的纽扣掉了，还拉着我站在她前边遮着她。

许先生买东西也总是到便宜的店铺去买，再不然，到减价的地方去买。

处处俭省，把俭省下来的钱，都印了书和印了画。

现在许先生在窗下缝着衣裳，机器声格哒格哒的，震着玻璃门有些颤抖。

窗外的黄昏，窗内许先生低着的头，楼上鲁迅先生的咳嗽声，都搅混在一起了，重续着、埋藏着力量。在痛苦中，在悲哀中，一种对于生的强烈的愿望站得和强烈的火焰那样坚定。

许先生的手指把捉了在缝的那张布片，头有时随着机器的力量低沉了一两下。

许先生的面容是宁静的、庄严的、没有恐惧的，她坦荡地在使用着机器。

海婴在玩着一大堆黄色的小药瓶，用一个纸盒子盛着，端起来楼上楼下地跑。向着阳光照是金色的，平放着是咖啡色的，他招集了小朋友来，他向他们展览，向他们夸耀，这种玩艺只有他有而别人不能有。他说："这是爸爸打药针的药瓶，你们有吗？"

别人不能有，于是他拍着手骄傲地呼叫起来。

许先生一边招呼着他，不叫他喊，一边下楼来了。

"周先生好了些？"

见了许先生大家都是这样问的。

"还是那样子，"许先生说，随手抓起一个海婴的药瓶来："这不是么，这许多瓶子，每天打针，药瓶也积了一大堆。"

许先生一拿起那药瓶，海婴上来就要过去，很宝贵地赶快把那小瓶摆到纸盒里。

在长桌上摆着许先生自己亲手做的蒙着茶壶的棉罩子，从那蓝缎子的花罩下拿着茶壶倒着茶。

楼上楼下都是静的了，只有海婴快活地和小朋友们的吵嚷躲在太阳里跳荡。

海婴每晚临睡时必向爸爸妈妈说："明朝会！"

有一天他站在上三楼去的楼梯口上喊着："爸爸，明朝会！"

鲁迅先生那时正病得沉重，喉咙里边似乎有痰，那回答的声音很小，海婴没有听到，于是他又喊："爸爸，明朝会！"他等一等，听不到回答的声音，他就大声地连串地喊起来："爸爸，明朝会，爸爸，明朝会，……爸爸，明朝会……"

他的保姆在前边往楼上拖他，说是爸爸睡下了，不要喊了。可是他怎么能够听呢，仍旧喊。

这时鲁迅先生说"明朝会"，还没有说出来喉咙里边就像有东西在那里堵塞着，声音无论如何放不大。到后来，鲁迅先生挣扎着把头抬起来才很大声地说出："明朝会，明朝会。"

说完了就咳嗽起来。

许先生被惊动得从楼下跑来了，不住地训斥着海婴。

海婴一边哭着一边上楼去了，嘴里唠叨着："爸爸是个聋人哪！"

鲁迅先生没有听到海婴的话，还在那里咳嗽着。

鲁迅先生在四月里，曾经好了一点，有一天下楼去赴一个约会，把衣裳穿得整整齐齐，手下夹着黑花布包袱，戴起帽子来，出门就走。

许先生在楼下正陪客人，看鲁迅先生下来了，赶快说："走不得吧，还是坐车子去吧。"

鲁迅先生说："不要紧，走得动的。"

许先生再加以劝说，又去拿零钱给鲁迅先生带着。

鲁迅先生说不要不要，坚决地走了。

"鲁迅先生的脾气很刚强。"

许先生无可奈何地，只说了这一句。

鲁迅先生晚上回来，热度增高了。

鲁迅先生说："坐车子实在麻烦，没有几步路，一走就到。还有，好久不出去，愿意走走……动一动就出毛病……还是动不得……"

病压服着鲁迅先生又躺下了。

七月里，鲁迅先生又好些。

药每天吃，记温度的表格照例每天好几次在那里画，老医生还是照常地来，说鲁迅先生就要好起来了。说肺部的菌已经停止了一大半，肋膜也好了。

客人来差不多都要到楼上来拜望拜望。鲁迅先生带着久病初愈的心情，又谈起话来，披了一张毛巾子坐在躺椅上，纸烟又拿在手里了，又谈翻译，又谈某刊物。

一个月没有上楼去，忽然上楼还有些心不安，我一进卧室的门，觉得站也没地方站，坐也不知坐在哪里。

许先生让我吃茶，我就依着桌子边站着。好像没有看见那茶杯似的。

鲁迅先生大概看出我的不安来了，便说："人瘦了，这样瘦是不成的，要多吃点。"

鲁迅先生又在说玩笑话了。

"多吃就胖了，那么周先生为什么不多吃点？"

鲁迅先生听了这话就笑了，笑声是明朗的。

从七月以后鲁迅先生一天天地好起来了，牛奶、鸡汤之类，为了医生所嘱也隔三差五地吃着，人虽是瘦了，但精神是好的。

鲁迅先生说自己体质的本质是好的，若差一点的，就让病打倒了。

这一次鲁迅先生保持了很长时间，没有下楼更没有到外边去过。

在病中，鲁迅先生不看报，不看书，只是安静地躺着。但有一张小画是鲁迅先生放在床边上不断看着的。

那张画,鲁迅先生未生病时,和许多画一道拿给大家看过的,小得和纸烟包里抽出来的那画片差不多。那上边画着一个穿大长裙子飞散着头发的女人在大风里边跑,在她旁边的地面上还有小小的红玫瑰的花朵。

记得是一张苏联某画家着色的木刻。

鲁迅先生有很多画,为什么只选了这张放在枕边。

许先生告诉我的,她也不知道鲁迅先生为什么常常看这小画。

有人来问他这样那样的,他说:"你们自己学着做,若没有我呢!"

这一次鲁迅先生好了。

还有一样不同的,觉得做事要多做……

鲁迅先生以为自己好了,别人也以为鲁迅先生好了。

准备冬天要庆祝鲁迅先生工作三十年。

又过了三个月。

一九三六年十月十七日,鲁迅先生病又发了,又是气喘。

十七日,一夜未眠。

十八日,终日喘着。

十九日的下半夜,人衰弱到极点了。天将发白时,鲁迅先生就像他平日一样,工作完了,他休息了。

镀　金　的　学　说

　　我的伯父，他是我童年唯一崇拜的人物，他说起话有宏亮的声音，并且他什么时候讲话总关于正理，至少那时候我觉得他的话是严肃的，有条理的，千真万对的。

　　那年我十五岁，是秋天，无数张叶子落了，回旋在墙根了，我经过北门旁在寒风里号叫着的老榆树，那榆树的叶子也向我打来。可是我抖擞着跑进屋去，我是参加一个邻居姐姐出嫁的筵席回来。一边脱换我的新衣裳，一边同母亲说，那好像同母亲吵嚷一般："妈，真的没有见过，婆家说新娘笨，也有人当面来羞辱新娘，说她站着的姿式不对，坐着的姿式不好看，林姐姐一声也不作，假若是我呀！哼！……"

　　母亲说了几句同情的话，就在这样的当儿，我听清伯父在呼唤我的名字。他的声音是那样低沉，平素我是爱伯父的，可是也怕他，于是我心在小胸膛里边惊跳着走出外房去。我的两手下垂，就连视线也不敢放过去。

　　"你在那里讲究些什么话？很有趣哩！讲给我听听。"伯父说话的时候，他的眼睛流动笑着，我知道他没有生气，并且我想他很愿意听我讲究。我就高声把那事又说了一遍，我且说且做出种种姿式来。等我说完的时候，我仍欢喜，说完了我把说话时跳打着的手足停下，静等着伯伯夸奖我呢！可是过了很多工夫，伯伯在桌子旁仍写他的文字。

　　对我好像没有反应，再等一会他对于我的讲话也绝对没有回响。至于我呢，我的小心房立刻感到压迫，我想我的错在什么地方？话讲的是很流利呀！讲话的速度也算是活泼呀！伯伯好像一块朽木塞住我的咽喉，我愿意快躲开他到别的房中去长叹一口气。

伯伯把笔放下了，声音也跟着来了："你不说假若是你吗？是你又怎么样？你比别人更糟糕，下回少说这一类话！小孩子学着夸大话，浅薄透了！假如是你，你比别人更糟糕，你想你总要比别人高一倍吗？再不要夸口，夸口是最可耻，最没出息。"

我走进母亲的房里时，坐在炕沿我弄着发辫，默不作声，脸部感到很烧很烧。以后我再不夸口了！

伯父又常常讲一些关于女人的服装的意见，他说穿衣服素色最好，不要涂粉，抹胭脂，要保持本来的面目。我常常是保持本来的面目，不涂粉不抹胭脂，也从没穿过花色的衣裳。

后来我渐渐对于古文有趣味，伯父给我讲古文，记得讲到《吊古战场》文那篇，伯父被感动得有些声咽，我到后来竟哭了！从那时起我深深感到战争的痛苦与残忍。大概那时我才十四岁。

又过一年，我从小学毕业就要上中学的时候，我的父亲把脸沉下了！他终天把脸沉下。等我问他的时候，他瞪一瞪眼睛，在地板上走转两圈，必须要过半分钟才能给一个答话："上什么中学？上中学在家上吧！"

父亲在我眼里变成一只没有一点热气的鱼类，或者别的不具着情感的动物。

半年的工夫，母亲同我吵嘴，父亲骂我："你懒死啦！不要脸的。"当时我过于气愤了，实在受不住这样一架机器压轧了。我问他，"什么叫不要脸呢？谁不要脸！"听了这话立刻像火山一样暴裂起来。当时我没能看出他头上有火冒也没？父亲满头的发丝一定被我烧焦了吧！那时我是在他的手掌下倒了下来，等我爬起来时，我也没有哭。可是父亲从那时起他感到父亲的尊严是受了一大挫折，也从那时起每天想要恢复他的父权。

他想做父亲的更该尊严些，或者加倍地尊严着才能压住子女吧？

可真加倍尊严起来了。每逢他从街上回来，都是黄昏时候，父亲一走到花墙的地方便从喉管做出响动，咳嗽几声啦，或是吐一口痰啦。后来渐渐我听他只是咳嗽而不吐痰，我想父亲一定会感着痰不够用了呢！我想做父亲的为什么必须尊严呢？或者因为做父亲的肚子太清洁？把肚子里所有的痰都全部吐出来了？

一天天睡在炕上，慢慢我病着了！我什么心思也没有了！一班同学不升学的只有两三个，升学的同学给我来信告诉我，她们打网球，学校怎样热闹，也说些我所不懂的功课。我愈读这样的信，心愈加重点。

老祖父支住拐杖，仰着头，白色的胡子振动着说："叫樱花上学去吧！给她拿火车费，叫她收拾收拾起身吧！小心病坏！"

父亲说："有病在家养病吧，上什么学，上学！"

后来连祖父也不敢向他问了，因为后来不管亲戚朋友，提到我上学的事他都是连话不答，出走在院中。

整整死闷在家中三个季节，现在是正月了。家中大会宾客，外祖母啜着汤食向我说："樱花，你怎么不吃什么呢？"

当时我好像要流出眼泪来，在桌旁的枕上，我又倒下了！因为伯父外出半年是新回来，所以外祖母向伯父说："他伯伯，向樱花爸爸说一声，孩子病坏了，叫她上学去吧！"

伯父最爱我，我五六岁时他常常来我家，他从北边的乡村带回来榛子。冬天他穿皮氅，从袖口把手伸给我，那冰寒的手呀！当他拉住我的手的时候，我害怕挣脱着跑了，可是我知道一定有榛子给我带来，我秃着头两手捏耳朵，在院子里我向每个货车夫问："有榛子没有？榛子没有？"

伯父把我裹在大氅里，抱着我进去，他说："等一等给你榛子。"

我渐渐长大起来，伯父仍是爱我的，讲故事给我听。买小书给我看，等我入高级，他开始给我讲古文了！有时族中的哥哥弟弟们都唤来，他讲给我们听，可是书讲完他们临去的时候，伯父总是说："别看你们是男孩子，樱花比你们全强，真聪明。"

他们自然不愿意听了，一个一个退走出去。不在伯父面前他们齐声说：

"你好呵！你有多聪明！比我们这一群混蛋强得多。"

男孩子说话总是有点野，不愿意听，便离开他们了。谁想男孩子们会这样放肆呢？他们扯住我，要打我："你聪明，能当个什么用？我们有气力，要收拾你。""什么狗屁聪明，来，我们大家伙看看你的聪明到底在哪里！"

伯父当着什么人也夸奖我："好记力，心机灵快。"

现在一讲到我上学的事，伯父微笑了："不用上学，家里请个老先生念念书就够了！哈尔滨的文学生们太荒唐。"

外祖母说："孩子在家里教养好，到学堂也没有什么坏处。"

于是伯父斟了一杯酒，挟了一片香肠放到嘴里，那时我多么不愿看他吃香肠呵！那一刻我是怎样恼烦着他！我讨厌他喝酒用的杯子，我讨厌他上唇生着的小黑髭，也许伯伯没有观察我一下！他又说："女学生们靠不住，交男朋友啦！恋爱啦！我看不惯这些。"

从那时起伯父同父亲是没有什么区别。变成严凉的石块。

当年，我升学了，那不是什么人帮助我，是我自己向家庭施行的骗术。后一年暑假，我从外回家，我和伯父的中间，总感到一种淡漠的情绪，伯父对我似乎是客气了，似乎是有什么从中间隔离着了！

一天伯父上街去买鱼，可是他回来的时候，筐子是空空的。母亲问："怎么！没有鱼吗？"

"哼！没有。"

母亲又问："鱼贵吗？"

"不贵。"

伯父走进堂屋坐在那里好像幻想着一般，后门外树上满挂着绿的叶子，伯父望着那些无知的叶子幻想，最后他小声唱起，像是有什么悲哀蒙蔽着他了！看他的脸色完全可怜起来。他的眼睛是那样忧烦地望着桌面，母亲说："哥哥头痛吗？"

伯父似乎不愿回答，摇着头，他走进屋倒在床上，很长时间，他翻转着，扇子他不用来摇风，在他手里乱响。他的手在胸膛上拍着，气闷着，再过一会，他完全安静下去，扇子任意丢在地板，苍蝇落在脸上，也不去搔它。

晚饭桌上了，伯父多喝了几杯酒，红着颜面向祖父说："菜市上看见王大姐呢！"

王大姐，我们叫他王大姑，常听母亲说："王大姐没有妈，爹爹为了贫穷去为匪，只留这个可怜的孩子住在我们家里。"伯父很多情呢！伯父也会恋爱呢，伯父的屋子和我姑姑们的屋子挨着，那时我的三个姑姑全没出嫁。

一夜，王大姑没有回内房去睡，伯父伴着她哩！

祖父不知这件事，他说："怎么不叫她来家呢？"

"她不来，看样子是很忙。"

"呵！从出了门子总没见过，二十多年了，二十多年了！"

祖父将着斑白的胡子，他感到自己是老了！

伯父也感叹着："嗳！一转眼，老了！不是姑娘时候的王大姐了！头发白了一半。"

伯父的感叹和祖父完全不同，伯父是痛惜着他破碎的青春的故事。又想一想他婉转着说，说他神秘地有点微笑："我经过菜市场，一个老太太回头看我，我走过，她仍旧看我。停在她身后，我想一想，是谁呢？过会我说：'是王大姐吗？'她转过身来，我问她，'在本街住吧？'她很忙，要回去烧饭，随后她走了，什么话也没说，提着空筐子走了！"

夜间，全家人都睡了，我偶然到伯父屋里去找一本书，因为对他，我连一点信仰也失去了，所以无言走出。

伯父愿意和我谈话似的："没睡吗？"

"没有。"

隔着一道玻璃门，我见他无聊的样子翻着书和报，枕旁一只蜡烛，火光在起伏。伯父今天似乎是例外，同我讲了好些话，关于报纸上的，又关于什么年鉴上的。他看见我手里拿着一本花面的小书，他问："什么书。"

"小说。"

我不知道他的话是从什么地方说起:"言情小说,《西厢》是妙绝,《红楼梦》也好。"

那夜伯父奇怪地向我笑,微微地笑,把视线斜着看住我。我忽然想起白天所讲的王大姑来了,于是给伯父倒一杯茶,我走出房来,让他伴着茶香来慢慢地回味着记忆中的姑娘吧!

我与伯父的学说渐渐悬殊,因此感情也渐渐恶劣,我想什么给感情分开的呢?我需要恋爱,伯父也需要恋爱。伯父见着他年轻时候的情人痛苦,假若是我也是一样。

那么他与我有什么不同呢?不过伯父相信的是镀金的学说。

祖父死了的时候

总是有点变样子,他喜欢流起眼泪来,同时过去很重要的事情他也忘掉。比方过去那一些他常讲的故事,现在讲起来,讲了一半下一半他就说:"我记不得了。"

某夜,他又病了一次,经过这一次病,他竟说:"给你三姑写信,叫她来一趟,我不是四五年没看过她吗?"他叫我写信给我已经死去五年的姑母。

那次离家是很痛苦的。学校来了开学通知信,祖父又一天一天地变样起来。

祖父睡着的时候,我就躺在他的旁边哭,好像祖父已经离开我死去似的,一面哭着一面抬头看他凹陷的嘴唇。我若死掉祖父,就死掉我一生最重要的一个人,好像他死了就把人间一切"爱"和"温暖"带得空空虚虚。我的心被丝线扎住或铁丝绞住了。

我联想到母亲死的时候。母亲死以后,父亲怎样打我,又娶一个新母亲来。这个母亲很客气,不打我,就是骂,也是指着桌子或椅子来骂我。客气是越客气了,但是冷淡了,疏远了,生人一样。

"到院子去玩玩吧!"祖父说了这话之后,在我的头上撞了一下,"喂!你看这是什么?"一个黄金色的桔子落到我的手中。

夜间不敢到茅厕去,我说:"妈妈同我到茅厕去趟吧。"

"我不去!"

"那我害怕呀！"

"怕什么？"

"怕什么？怕鬼怕神？"父亲也说话了，把眼睛从眼镜上面看着我。

冬天，祖父已经睡下，赤着脚，开着纽扣跟我到外面茅厕去。

学校开学，我迟到了四天。三月里，我又回家一次，正在外面叫门，里面小弟弟嚷着："姐姐回来了！姐姐回来了！"大门开时，我就远远注意着祖父住着的那间房子。

果然祖父的面孔和胡子闪现在玻璃窗里。我跳着笑着跑进屋去。但不是高兴，只是心酸，祖父的脸色更惨淡更白了。等屋子里一个人没有时，他流着泪，他慌慌忙忙地一边用袖口擦着眼泪，一边抖动着嘴唇说："爷爷不行了，不知早晚……前些日子好险没跌……跌死。"

"怎么跌的？"

"就是在后屋，我想去解手，招呼人，也听不见，按电铃也没有人来，就得爬啦。还没到后门口，腿颤，心跳，眼前发花了一阵就倒下去。没跌断了腰……人老了，有什么用处！爷爷是八十一岁呢。"

"爷爷是八十一岁。"

"没用了，活了八十一岁还是在地上爬呢！我想你看不着爷爷了，谁知没有跌死，我又慢慢爬到炕上。"

我走的那天也是和我回来那天一样，白色的脸的轮廓闪现在玻璃窗里。在院心我回头看着祖父的面孔，走到大门口，在大门口我仍可看见，出了大门，就被门扇遮断。

从这一次祖父就与我永远隔绝了。虽然那次和祖父告别，并没说出一个永别的字。

我回来看祖父，这回门前吹着喇叭，幡杆挑得比房头更高，马车离家很远的时候，我已看到高高的白色幡杆了，吹鼓手们的喇叭怆凉地在悲号。马车停在喇叭声中，大门前的白幡、白对联、院心的灵棚、闹嚷嚷许多人，吹鼓手们响起乌乌的哀号。

这回祖父不坐在玻璃窗里，是睡在堂屋的板床上，没有灵魂地躺在那里。我要看一看他白色的胡子，可是怎样看呢！拿开他脸上蒙着的纸吧，胡子、眼睛和嘴，都不会动了，他真的一点感觉也没有了？我从祖父的袖管里去摸他的手，手也没有感觉了。祖父这回真死去了啊！

祖父装进棺材去的那天早晨，正是后园里玫瑰花开放满树的时候。我扯着祖父的一张被角，抬向灵前去。吹鼓手在灵前吹着大喇叭。

我怕起来，我号叫起来。

"咣咣！"黑色的，半尺厚的灵柩盖子压上去。

吃饭的时候，我饮了酒，用祖父的酒杯饮的。饭后我跑到后园玫瑰树下去卧倒，园中飞着蜂子和蝴蝶，绿草的清凉的气味，这都和十年前一样。可是十年前死了妈妈。妈妈死后我仍是在园中扑蝴蝶。这回祖父死去，我却饮了酒。

过去的十年我是和父亲打斗着生活。在这期间我觉得人是残酷的东西。父亲对我是没有好面孔的，对于仆人也是没有好面孔的，他对于祖父也是没有好面孔的。因为仆人是穷人，祖父是老人，我是个小孩子，所以我们这些完全没有保障的人就落到他的手里。

后来我看到新娶来的母亲也落到他的手里，他喜欢她的时候，便同她说笑。他恼怒时便骂她，母亲渐渐也怕起父亲来。

母亲也不是穷人，也不是老人，也不是孩子，怎么也怕起父亲来呢？我到邻家去看看，邻家的女人也是怕男人。我到舅家去，舅母也是怕舅父。

我懂得的尽是些偏僻的人生，我想世间死了祖父，就没有再同情我的人了，世间死了祖父，剩下的尽是些凶残的人了。

我饮了酒，回想，幻想……

以后我必须不要家，到广大的人群中去，但我在玫瑰树下颤怵了，人群中没有我的祖父。

所以我哭着，整个祖父死的时候我哭着。

女 子 装 饰 的 心 理

装饰本来不仅限于女子一方面的，古代氏族的社会，男子的装饰不但极讲究，且更较女子而过。古代一切狩猎氏族，他们的装饰较衣服更为华丽，他们甘愿裸体，但对于装饰不肯忽视。所以装饰之于原始人，正如现在衣服之于我们一样重要。现在我们先讲原始人的装饰，然后由此推知女子装饰之由来。

原始人的装饰有两种，一种是固定的为黥创文身，穿耳、穿鼻、穿唇等；一种是活动的，就是连系在身体上暂时应用的，为带缨、钮子之类，他们装饰的颜色主要的是红色，他们身上的涂彩多半以赤色条绘饰，因为血是红的，红色表示热烈，具有高度的兴奋力。就是很多的动物，对于赤色，也和人类一样容易感觉，有强烈的情绪的连系。

其次是黄色，也有相当的美感，也为原始人所采用，再是白色和黑色，但较少采用。他们装饰所选用的颜色，颇受他们的皮肤的颜色所影响，如白色和赤色对于黑色的澳洲人颇为采用，他们所采用的颜色是要与他们皮肤的颜色有截然分别的。

至于原始人对于装饰的观念怎样呢？他们究竟为什么要装饰？又为什么要这样装饰呢？这就谈到了他们装饰的心理问题了。

我们大概会惊异于他们这种重视装饰的心理罢，如黥身是他们身体装饰中最痛苦的，用刀或铁箭在身上刺成各种花纹，有的且刺满全身，他们竟于忍受痛苦而为其人的勇敢毅力的表示。而这种忍受，大都是为了装饰美观，极少含有其他作用。少年男女到了相当年龄，便执行着这种苦刑，而以为荣。以为假如身上没能刺刻的花纹，则将来很难找到爱侣。至于活动的装饰，如各种环璎之类的佩戴物，则一方表示他们勇敢善战，不懦怯，一方面是引起异性的爱悦，因为他们都以勇敢善斗为荣。身上所佩戴的许多珍贵的装饰物，表示他们的富有，是以勇敢夺得或猎取来的。总之，原始人装饰的用意，一方是引起异性爱悦，一方是引起他人的敬畏。事实上，各种装饰是兼具此两意义的，这实在是生存竞争中不可少和有效的工具。由这些情形看来，在原始社会中男子的装饰较女子讲究，也是因为原始社会的人民，没有确定的婚姻制度，无恒久的配偶，而女子在任何情形中都有结婚的机会，男子要得到伴侣，比较困难，故必须用种种手段以满足其欲望。

但在文明社会中，男女关系与此完全相反，男子处处站在优越地位，社会上一切法律权利都握在男子手中，女子全居于被动地位。虽然近年来有男女平等的法律，但在父权制度之下，女子仍然是被动的。因此，男子可以行动自由，女子至少要受相当的约制。

这样一来，女子为达到其获得伴侣的欲望，因此也要借种种手段以取悦异性了。这种手段，便是装饰。

装饰主要的用意，大都是一方以取悦于男性，一方足以表示自己的高贵。脸上敷着白粉、红脂、口红、蔻丹等。刚才说过红色是原始人用作装饰的主要颜色，红白相称特别鲜明，不独引人注目，亦以表示其不亲劳动的身份。故牙齿既然是白的，口唇必须涂红。西洋妇女脸上涂桔黄色的粉，这是表示他们的富有，因为夏天海滨避暑为海风吹拂脸颊成黄色。白色最能显示脸部和身体的轮廓，原始人跳舞往往在夜间昏昏的灯光和月色之下，用的色在身体验成条纹，使身体轮廓显明，易与人注目。妇女用红白二色饰脸部，也是利用其颜色鲜明，且色其热烈性，易使人感动。中国少女结婚时多穿红衣红裙，大概不外这个意义。

女子装饰亦随社会习惯而变迁。昔人的观念，以柔弱娇小为美，故女子束腰裹脚之行盛行，有"楚王好细腰，宫中多饿死"者的惨事。近来体育发达，国人观念改变，重健康、好运动，女子以体格壮健肤色红黑为美。现在一班新进的女子，大都不饰脂粉，以太阳光下的红黑色肤色的天然风致为美了。黑色太阳镜之盛行，不外表示其常常外出的习惯而已。

189

两　个　朋　友

金珠才十三岁，穿一双水红色的袜子，在院心和华子拍皮球。华子是个没有亲母亲的孩子。

生疏的金珠被母亲带着来到华子家里才是第二天。

"你念几年书了？"

"四年，你呢？"

"我没上过学——"金珠把皮球在地上丢了一下又抓住。

"你怎么不念书呢？十三岁了，还不上学？我十岁就上学的……"

金珠说："我不是没有爹吗！妈说：等她积下钱让我念书。"

于是又拍着皮球，金珠和华子差不多一般高，可是华子叫她金珠姐。

华子一放学回来，把书包丢在箱子上或是炕上，就跑出去和金珠姐拍皮球。夜里就挨着睡，白天就一道玩。

金珠把被褥搬到里屋去睡了！从那天起她不和华子交谈一句话；叫她："金珠姐，金珠姐。"她把嘴唇突起来不应声。

华子伤心的，她不知道新来的小朋友怎么会这样对她。

再过几天华子挨骂起来——孩崽子，什么玩意儿呢！——金珠走在地板上，华子丢了一个皮球撞了她，她也是这样骂。连华子的弟弟金珠也骂他。

那孩子叫她："金珠子，小金珠子！"

"小，我比你小多少？孩崽子！"

小弟弟说完了，跑到爷爷身边去，他怕金珠要打他。

夏天晚上，太阳刚落下去，在太阳下蒸热的地面还没有消灭了热。全家就坐在开着窗子的窗台，或坐在门前的木凳上。

"不要弄跌了啊！慢慢推……慢慢推！"祖父招呼小珂。

金珠跑来，小母鸡一般地，把小车夺过去，小珂被夺着，哭着。祖父叫他："来吧！别哭，小珂听说，不要那个。"

为这事，华子和金珠吵起来了："这也不是你家的，你管得着？不要脸！"

"什么东西，硬装不错。"

"我看你也是硬装不错，'帮虎吃食'。"

"我怎么'帮虎吃食'？我怎么'帮虎吃食'？"

华子的后母和金珠是一道战线，她气得只是重复着一句话："小华子，我也没见你这样孩子，你爹你妈是虎？是野兽？

我可没见过你这样孩子。"

"是'帮虎吃食'，是'帮虎吃食'。"华子不住说。

后母和金珠完全是一道战线，她叫着她："金珠，进来关上窗子睡觉吧！别理那小疯狗。"

"小疯狗，看也不知谁是小疯狗，不讲理者小疯狗。"

妈妈的权威吵满了院子："你爸爸回来，我要不告诉你爸爸才怪呢？还了得啦！骂她妈是'小疯狗'。我管不了你，我也不是你亲娘，你还有亲爹哩！叫你亲爹来管你。你早没把我看到眼里。骂吧！也不怕伤天理！"

小珂和祖父都进屋去睡了！祖父叫华子也进来睡吧！可是华子始终依着门呆想。夜在她的眼前，蚊子在她的耳边。

第二天金珠更大胆，故意借着事由来屈服华子，她觉得她必定胜利，她做着鬼脸："小华子，看谁丢人，看谁挨骂？你爸爸要打呢！我先告诉你一声，你好预备着点！"

"别不要脸！"

"骂谁不要脸？我怎么不要脸？把你美的？你个小老婆，我告诉你爹爹去，走，你敢跟我去……"

金珠的母亲，那个胖老太太说金珠："都是一般大，好好玩，别打架。干什么金珠？不好那样！"华子被扯住肩膀："走就走，我不怕你，还怕你个小穷鬼！都穷不起了，才跑到别人家来，混饭吃还不够，还瞎厉害。"

金珠感到羞辱了，软弱了，眼泪流了满脸："娘，我们走吧！不住她家，再不住……"

金珠的母亲也和金珠一样哭。

"金珠，把孩子抱去玩玩。"她应着这呼声，每日肩上抱着孩子。

华子每日上学，放学就拍皮球。

金珠的母亲，是个寡妇母亲，来到亲戚家里，是来做帮工，华子和金珠吵架，并没有人伤心，就连华子的母亲也不把这事放在心上，华子的祖父和小珂也不把这事记在心上，一到傍晚又都到院子去乘凉，吸着烟，用扇子扑着蚊虫……看一看多星的天幕。

华子一经过金珠面前，金珠的母亲的心就跳了。她心跳谁也不晓得，孩子们吵架是平常事，如鸡和鸡斗架一般。

正午时候，人影落在地面那样短，狗睡到墙根去了！炎夏的午间，只听到蜂子飞，只听到狗在墙根喘。

金珠和华子从正门冲出来，两匹狗似的，两匹小狼似的，太阳晒在头上不觉到热；一个跑着，一个追着。华子停下来斗一阵再跑，一直跑到柴栏里去，拾起高粱秆打着。

金珠狂笑，但那是变样的狂笑，脸嘴已经不是平日的脸嘴了。嘴斗着，脸是青色地，但仍在狂笑。

谁也没有流血，只是头发上贴住一些高粱叶子。已经累了！双方面都不愿意再打，都没有力量再打。

"进屋去吧，怎么样？"华子问。

"进屋！不打死你这小鬼头对不住你。"金珠又分开两腿，两臂抱住肩头。

192

"好，让你打死我。"一条木板落到金珠的腿上去。

金珠的母亲完全颤栗，她全身颤栗，当金珠去夺她正在手中切菜的菜刀时；眼看打得要动起刀来。

做帮工也怕做不长的。

金珠的母亲，洗尿布、切菜、洗碗、洗衣裳，因为是小脚，一天到晚，到晚间，脚就疼了。

"娘，你脚疼吗？"金珠就去打一盆水为她洗脚。

娘起先是恨金珠的，为什么这样不听说？为什么这样不知好歹？和华子一天打到晚。

可是她一看到女儿打一盆水给她，她就不恨金珠而自己伤心。若有金珠的爹爹活着哪能这样？自己不是也有家吗？

金珠的母亲失眠了一夜，蚊子成群地在她的耳边飞；飞着、叫着，她坐起来搔一搔又倒下去，终夜她没有睡着，玻璃窗子发着白了！这时候她才一粒一粒地流着眼泪。十年前就是这个天刚亮的时候，金珠的爹爹从炕上抬到床上，那白色的脸，连一句话也没说而死去的人……十年前了！在外面帮工，住亲戚也是十年了！

她把枕头和眼角相接近，使眼泪流到枕头上去，而不去擦它一下，天色更白了！这是金珠爹爹抬进木棺的时候。那打开的木棺，可怕的，一点感情也没有的早晨又要来似的……她带泪的眼睛合起来，紧紧地压在枕头上。起床时，金珠问："娘，你的眼睛怎么肿了呢！"

"不怎么。"

"告诉我！娘！"

"告诉你什么！都是你不听说，和华子打仗气得我……"

金珠两天没和华子打仗，到第三天她也并不想立刻打仗，因为华子的母亲翻着箱子，一面找些旧衣裳给金珠，一面告诉金珠："你和那丫头打仗，就狠点打，我给你作主，不会出乱子的，那丫头最能气人没有的啦！我有衣裳也不能给她穿，这都给你。跟你娘到别处去受气，到我家我可不能让你受气,多可怜哪!从小就没有了爹……"

金珠把一些衣裳送给娘去,以后金珠在一家中比谁都可靠,把锁柜箱的钥匙也交给了她。她常常就在华子和小珂面前随便吃梨子,可是华子和小珂不能吃。小珂去找祖父。

祖父说:"你是没有娘的孩子,少吃一口吧!"

小珂哭起来了!

这一家中,华子和母亲起着冲突,爷爷也和母亲起着冲突。

被华子的母亲追使着,金珠又和华子吵了几回架。居然,有这么一天,金耳环挂上了金珠的耳朵了。

金珠受人这样同情,比爹爹活转来或者更幸运,饱饱满满地过着日子。

"你多可怜哪!从小就没有了爹!……"金珠常常被同情着。

华子每天上学,放学就拍皮球。金珠每天背着孩子,几乎连一点玩的工夫也没有了。

秋天,附近小学里开了一个平民教育班。

"我也上'平民学校'去吧,一天两点钟,四个月读四本书。"

华子的母亲没有答应金珠,说认字不认字都没有用,认字也吃饭,不认字也吃饭。

邻居的小姑娘和妇人们都去进"平民学校",只有金珠没能去,只有金珠剩在家中抱着孩子。

金珠就很忧愁了,她想和华子交谈几句,她想借华子的书来看一下,她想让华子替她抱一下小孩,她拍几下皮球,但这都没有做,她多少有一点自尊心存在。

有天家中只剩华子、金珠、金珠的母亲,孩子睡觉了。

"华子,把你的铅笔借给我写两个字,我会写我的姓。"金珠说完话,很不好意思,嘴唇没有立刻就合起来。

华子把皮球向地面丢了一下,掉过头来,把眼睛斜着从金珠的脚下一直打量到她的头顶。

为着这事金珠把眼睛哭肿。

"娘,我们走吧,不再住她家。"

金珠想要进"平民学校"进不得,想要和华子玩玩,又玩不得,虽然是耳朵上挂着金圈,金圈也并不带来同情给她。

她患着眼病了!最厉害的时候,饭都吃不下。

"金珠啊!抱抱孩子,我吃饭。"华子的后母亲叫她。

眼睛疼得厉害的时候,可怎样抱孩子?华子就去抱。

"金珠啊!打盆脸水。"

华子就去打。

金珠的眼睛还没好,她和华子的感情可好起来。她们两个从朋友变成仇人,又从仇人变成朋友了!又搬到一个房间去睡,被子接着被子。在睡觉时金珠说:"我把耳环还给她吧!我不要这东西!"她不爱那样闪光的耳环。

没等金珠把耳环摘掉,那边已经向她要了:"小金珠,把耳环摘下来吧!我告诉你说吧,一个人若没有良心,那可真算个人!我说,小金珠子,我对得起你,我给你多少衣裳?我给你金耳环,你不和我一条心眼,我告诉你吧!你后悔的日子在后头呢!眼看你就要带上手镯了!可是我不能给你买了……"

金珠的母亲听到这些话,比看到金珠和华子打架更难过,帮工是帮不成的啦!

华子放学回来,她就抱着孩子等在大门外,笑眯眯的,永久是那个样子,后来连晚饭也不吃,等华子一起吃。若买一件东西,华子同意她就同意。比方买一个扣发的针啦,或是一块小手帕啦!若金珠同意华子也同意。夜里华子为着学校忙着编织物,她也伴着她不睡,华子也教她识字。

金珠不像从前可以任意吃着水果,现在她和小珂、华子同样,依在门外嗅一些水果香。华子的母亲和父亲骂华子,骂小珂,也同样骂着金珠。

终久又有这样的一天,金珠和母亲被驱着走了。

两个朋友,哭着分开。

天　空　的　点　缀

　　用了我有点苍白的手，卷起纱窗来，在那灰色的云的后面，我看不到我所要看的东西（这东西是常常见的，但它们真的载着炮弹飞起来的时候，这在我还是生疏的事情，也还是理想着的事情）。正在我踌躇的时候，我看见了，那飞机的翅子好像不是和平常的飞机的翅子一样——它们有大的也有小的——好像还带着轮子，飞得很慢，只在云彩的缝际出现了一下，云彩又赶上来把它遮没了。不，那不是一只，那是两只，以后又来了几只。它们都是银白色的，并且又都叫着呜呜的声音，它们每个都在叫着吗？这个，我分不清楚。或者它们每个在叫着的，节拍像唱歌的，是有一定的调子，也或者那在云幕当中撒下来的声音就是一片。好像在夜里听着海涛的声音似的，那就是一片了。

　　过去了！过去了！心也有点平静下来。午饭时用过的家具，我要去洗一洗。刚一经过走廊，又被我看见了，又是两只。这次是在南边，前面一个，后面一个，银白色的，远看有点发黑，于是我听到了我的邻家在说："这是去轰炸虹桥飞机场。"

　　我只知道这是下午两点钟，从昨夜就开始的这战争。至于飞机我就不能够分别了，日本的呢？还是中国的呢？大概是日本的吧！因为是从北边来的，到南边去的，战地是在北边中国虹桥飞机场是真的，于是我又起了很多想头：是日本打胜了吧！所以安闲地去炸中国的后方，是……一定是，那么这是很坏的事情，他们没止境地屠杀，一定要像大风里的火焰似的那么没有止境……

很快我批驳了我自己的这念头，很快我就被我这没有把握的不正确的热望压倒了，中国，一定是中国占着一点胜利，日本遭了些挫伤。假若是日本占着优势，他一定要冲过了中国的阵地而追上去，哪里有工夫用飞机来这边扩大战线呢？

风很大，在游廊上，我拿在手里的家具，感到了点沉重而动摇，一个小白铝锅的盖子，啪啦啪啦地掉下来了，并且在游廊上啪啦啪啦地跑着，我追住了它，就带着它到厨房去。

至于飞机上的炸弹，落了还是没落呢？我看不见，而且我也听不见，因为东北方面和西北方面炮弹都在开裂着。甚至于那炮弹真正从哪方面出发，因着回音的关系，我也说不定了。

但那飞机的奇怪的翅子，我是看见了的，我是含着眼泪而看着它们，不，我若真的含着眼泪而看着它们，那就相同遇到了魔鬼而想教导魔鬼那般没有道理。

但在我的窗外，飞着、飞着，飞去又飞来了的，飞得那么高，好像有一分钟那飞机也没离开我的窗口。因为灰色的云层的掠过，真切了，朦胧了，消失了，又出现了，一个来了，一个又来了。看着这些东西，实在的我的胸口有些疼痛。

一个钟头看着这样我从来没有看过的天空，看得疲乏了，于是，我看着桌上的台灯，台灯的绿色的伞罩上还画着菊花，又看到了箱子上散乱的衣裳，平日弹着的六条弦的大琴，依旧是站在墙角上。一样，什么都是和平常一样，只有窗外的云，和平日有点不一样，还有桌上的短刀和平日有点不一样，紫檀色的刀柄上镶着两块黄铜，而且不装在红牛皮色的套子里。对于它我看了又看，我相信我自己绝不是拿着这短刀而赴前线。

失 眠 之 夜

为什么要失眠呢！烦躁、恶心、心跳、胆小，并且想要哭泣。我想想，也许就是故乡的思虑罢。

窗子外面的天空高远了，和白棉一样绵软的云彩低近了，吹来的风好像带点草原的气味，这就是说已经是秋天了。

在家乡那边，秋天最可爱。

蓝天蓝得有点发黑，白云就像银子做成一样，就像白色的大花朵似的点缀在天上；就又像沉重得快要脱离开天空而坠了下来似的，而那天空就越显得高了，高得再没有那么高的。

昨天我到朋友们的地方走了一遭，听来了好多的心愿——那许多心愿综合起来，又都是一个心愿——这回若真的打回满洲去，有的说，煮一锅高粱米粥喝；有的说，咱家那地豆多么大！说着就用手比量着，这么碗大；珍珠米，老的一煮就开了花的，一尺来长的；还有的说，高粱米粥、咸盐豆。还有的说，若真的打回满洲去，三天二夜不吃饭，打着大旗往家跑。跑到家去自然也免不了先吃高粱米粥或咸盐豆。

比方高粱米那东西，平常我就不愿吃，很硬，有点发涩（也许因为我有胃病的关系），可是经他们一说，也觉得非吃不可了。

但是什么时候吃呢？那我就不知道了。而况我到底是不怎样热烈的，所以关于这一方面，我终究不怎样亲切。

但我想我们那门前的蒿草，我想我们那后园里开着的茄子的紫色的小花，黄瓜爬上了架。而那清早，朝阳带着露珠一齐来了！

我一说到蒿草或黄瓜，三郎就向我摆手或摇头："不，我们家，门前是两棵柳树，树荫交织着做成门形。再前面是菜园，过了菜园就是门。那金字塔形的山峰正向着我们家的门口，而两边像蝙蝠的翅膀似的向着村子的东方和西方伸展开去。而后园黄瓜、茄子也种着，最好看的是牵牛花在石头桥的缝际爬遍了，早晨带着露水牵牛花开了……"

"我们家就不这样，没有高山，也没有柳树……只有……"我常常这样打断他。

有时候，他也不等我说完，他就接下去。我们讲的故事，彼此都好像是讲给自己听，而不是为着对方。

只有那么一天，买来了一张《东北富源图》挂在墙上了，染着黄色的平原上站着小马、小羊，还有骆驼，还有牵着骆驼的小人；海上就是些小鱼、大鱼、黄色的鱼，红色的好像小瓶似的大肚的鱼，还有黑色的大鲸鱼；而兴安岭和辽宁一带画着许多和海涛似的绿色的山脉。

他的家就在离着渤海不远的山脉中，他的指甲在山脉爬着："这是大凌河……这是小凌河……哼……没有，这个地图是个不完全的，是个略图……"

"好哇！天天说凌河，哪有凌河呢！"我不知为什么一提到家乡，常常愿意给他扫兴一点。

"你不相信！我给你看。"他去翻他的书橱去了，"这不是大凌河……小凌河……小孩的时候在凌河沿上捉小鱼，拿到山上去，在石头上用火烤着吃……这边就是沈家台，离我们家二里路……"因为是把地图摊在地板上看的缘故，一面说着，他一面用手扫着他已经垂在前额的发梢。

《东北富源图》就挂在床头，所以第二天早晨，我一张开了眼睛，他就抓住了我的手："我想将来我回家的时候，先买两匹驴，一匹你骑着，一匹我骑着……先到我姑姑家，再到我姐姐家……顺便也许看看我的舅舅去……我姐姐很爱我……她出嫁以后，每回来一次就哭一次，姐姐一哭，我也哭……这有七八年不见了！也都老了。"

那地图上的小鱼，红的，黑的，都能够看清，我一边看着，一边听着，这一次我没有打断他，或给他扫一点兴。

"买黑色的驴，挂着铃子，走起来……铛啷啷啷啷啷啷……"他形容着铃音的时候，就像他的嘴里边含着铃子似的在响。

"我带你到沈家台去赶集。那赶集的日子，热闹！驴身上挂着烧酒瓶……我们那边，羊肉非常便宜……羊肉炖片粉……真有味道！唉呀！这有多少年没吃那羊肉啦！"他的眉毛和额头上起着很多皱纹。

我在大镜子里边看了他，他的手从我的手上抽回去，放在他自己的胸上，而后又背着放在枕头下面去，但很快地又抽出来。只理一理他自己的发梢又放在枕头上去。

而我，我想："你们家对于外来的所谓'媳妇'也一样吗？"我想着这样说了。

这失眠大概也许不是因为这个。但买驴子的买驴子，吃咸盐豆的吃咸盐豆，而我呢？坐在驴子上，所去的仍是生疏的地方，我停着的仍然是别人的家乡。

家乡这个观念，在我本不甚切的，但当别人说起来的时候，我也就心慌了！虽然那块土地在没有成为日本的之前，"家"在我就等于没有了。

这失眠一直继续到黎明之前，在高射炮的声中，我也听到了一声声和家乡一样的震抖在原野上的鸡鸣。

茶 食 店

黄桷树镇上开了两家茶食店，一家先开的，另一家稍稍晚了两天。第一家的买卖不怎样好，因为那吃饭用的刀叉虽然还是闪光闪亮的外来品，但是别的玩艺不怎样全，就是说比方装胡椒粉那种小瓷狗之类都没有，酱油瓶是到临用的时候，从这张桌又拿到那张桌的乱拿。墙上甚么画也没有，只有一张好似从糖盒子上掀下来的花纸似的那么一张外国美人图，有一尺长不到半尺宽么么大，就用一个图钉钉在墙上的，其余这屋里的装饰还有一棵大芭蕉。

这芭蕉第一天是绿的，第二天是黄的，第三天就腐烂了。

吃饭的人，第一天彼此说"还不错"，第二天就说苍蝇太多了一点，又过了一两天，人们就对着那白盘子里炸着的两块茄子，翻来覆去地看，用刀尖割一下，用叉子去叉一下。

"这是甚么东西呢，两块茄子，两块洋山芋，这也算是一个菜吗？就这玩艺也要四角五分钱？真是天晓得。"

这西餐馆只开了三五日，镇上的人都感到不大满意了。

这二家一开，那些镇上的从城里躲轰炸而来往在此地的人，和一些设在这镇上学校或别的办公厅的一些职员，当天的晚饭就在这里吃的。

盘子、碗、桌布、茶杯、糖罐、酱醋瓶、连装烟灰的瓷碟，都聚了三四个人在那里抢着看，……这家与那家的确不同，是里外两间屋，厨房在甚么地方，使人看不见，煎菜的油烟也闻不到，墙上挂着两张画像是老板自己画的，看起来老板颇懂艺术……并且刚一开业，就开了留声机，这留声机已经好几个月没有听过了。从"五四"轰炸起，人们来到了这镇上，过的就是乡下人的生活。这回一听好像这留声机非常好，唱片也好像是全新的，声音特别清楚。

一个汤上来了，"不错，真是味道……"

第二个是猪排，这猪排和木片似的，有的人就你看看我，我看看你，想要对这猪排讲点坏话。可是那唱着的是一个外国歌，很愉快，那调子带了不少高低的转弯，好像从来也未听过似的那样好听，所以便对这硬的味道也没有的猪排，大家也就吃下去了。

奶油和冰激凌似的，又甜又凉，涂在面包上，很有一种清凉的气味，好像涂的是果子酱；那面包拿在手里不用动手去撕就往下掉着碎末，像用锯末做的似的。大概是和利华药皂放在一起运来的，但也还好吃，因为它终究是面包，终究不是别的甚么馒头之类呀！

坐在这茶食店的里间里，那张长桌一端上的主人，从小白盘子里拿起账单看了一看。

共统请了八位客人，才八块多钱。

"这不多。"他说，从口袋里取出十元票子来。

别人把眼睛转过去，也说："这不多……不算贵。"

临出来时，推开门，还有一个顶愿意对甚么东西都估价的，还回头看了看那摆在门口的痰盂。他说："这家到底不错，就这一只痰盂吧，也要十几块钱。"（其实就是上海卖八角钱一个的）

这一次晚餐，一个主人和他的七八个客人都没吃饱，但彼此都不发表，都说："明天见，明天见。"

他们大家各自走散开了，一边走着一边有人从喉管往上冲着利华皂的气味，但是他们想："这不贵的，这倒不是西餐吗！"而且那屋子多么像个西餐的样子，墙上有两张外国画，还有瓷痰盂，还有玻璃杯，那先开的那家还成吗？还像样子吗？那买卖还成吗？

他们脑筋闹得很忙乱回家去了。